Fritz Philippi

Vom Pfarrer Mathias Hirsekorn und seinen Leuten

Herausgegeben von der Roderich Feldes Gesellschaft

Fritz Philippi (1869 - 1933)

Vom Pfarrer Mathias Hirsekorn und seinen Leuten

Herausgegeben von der Roderich Feldes Gesellschaft

Vorwort von Albrecht Thielmann
Nachwort von Johann Peter
Klaus-Peter Mücke über seine Zeit als Pfarrer

Verlag Albrecht Thielmann

Bibliografische Notiz

Die Roderich Feldes Gesellschaft hat sich zum Ziel gesetzt, die Veröffentlichung des Werkes des früh verstorbenen Schriftstellers Roderich Feldes zu fördern. Aber auch Literatur, die seinen Themen verwandt und in seiner Region entstanden ist, wird von uns gefördert. Die Gesellschaft hat ihren Sitz in Dillenburg. Vorsitzender der Gesellschaft ist Winfried Krüger (krueger.eschenburg@gmx.de). Die Gesellschaft hat u.a. bisher veröffentlicht »Schiller auf dem Dorfe« im ibidem -Verlag. Roderich Feldes »Der Werwolf« im Albrecht Thielmann Verlag.
»Vom Pfarrer Hirsekorn und seinen Leuten« ist 1924 bei J.J. Weber in Leipzig erschienen.

Umschlagbild: Das Titelbild »Westerwald« von dem Dillenburger Maler Heinz Aubel wurde uns von der Familie Feldes zur Verfügung gestellt. Heinz Aubel (1916-1980) ist der maßgebliche Maler der heimischen Region. Er entwickelte eine freie Bildsprache, die vom Expressionismus her kommt. Er betonte, daß er im Westerwald Atmosphärisches finde, das er nur hier finde. Er gestaltete oft düstere Westerwaldlandschaften, die sich spärlich aufhellen. Seine lichtere Welt sind seine Bilder aus Griechenland: »Man muß im Geiste einer Natur denken, wenn man sich in ihr ausdrücken will«.

Die Fotos stammen aus dem Privatbesitz von Thomas Philippi (mit dem Foto »Ehepaar Philippi« und »Fritz Philippi am Schreibtisch«), Helmut Groos und Federico Fritz.

Grafik auf dieser Seite: Ernst Vollmer
Layout und Satz : David Schultze
Druck und Bindung: Orthdruk Bialystok (Polen)

© 2013 Alle Rechte vorbehalten Verlag Albrecht Thielmann
ISBN 978-3-9813197-4-3

Inhalt

Vorwort - 6

Vom Pfarrer Mathias Hirsekorn und seinen Leuten

1 Warum Hirsekorn sich selber bedichten mußte. - 14
2 Wo Fuchs und Has`sich »Gute Nacht« sagen. - 19
3 Was ich hinten im Sack behalten sollte. - 24
4 Neue Besen kehren gut. - 31
5 Wenn der Höllkopf sein Pfeifchen raucht. - 40
6 Im Schneesturm. - 48
7 Die Belzebuben und die gottseligen Herbergsleute. - 58
8 Im Zwillingsland. - 75
9 Als ich der Ammfrau die Schuhriemen löste. - 86
10 Herr Pärrner, die Nachtsruh`is hin! - 90
11 Meine erste Lügengeschichte. - 94
12 O Männerrunde, o Wällerkranz! - 99
13 Wacholderbeeren und Schnegelsdippchen. - 107
14 Der heilige August sorgt für Zeitvertreib. - 114
15 Das Verbrechen des Pfarrers Hirsekorn. - 119
16 Wenn`s der Herr Landrat erführ'! - 123
17 In der ewigen Wiederkehr. - 128
18 Mein Abgangszeugnis. - 134

Pfarrchronik - 140

Nachwort - 146

Klaus-Peter Mücke über seine Zeit als Pfarrer - 158

Vorwort

Wie der älter werdende »Pfarrerdichter« Fritz Philippi an seine große Zeit im Westerwalddorf Breitscheid erinnert wird, an das Dorf, in dem er »ein Mensch wurde«.

Marcel Proust (1871 bis 1922) schreibt über seinen Roman »Auf der Suche nach der verlorenen Zeit«: »So ist ein Teil des Buches ein Teil meines Lebens, das ich vergessen hatte und das ich auf einmal wiederfinde, indem ich einen Bissen eines Biskuitkuchens verzehre, den ich in Tee eingetunkt habe; ein Geschmack, der mich verzückt, eh ich ihn noch erkannt und festgestellt habe, dass es derselbe ist, den ich einstmals jeden Morgen geschmeckt hatte. Sofort ersteht mein Leben von damals, und so sind alle Leute und Gärten jener Zeit meines Lebens aus einer Tasse Tee hervorgegangen.«
Dem Philippi fallen seine Erinnerungen an sein erstes Pfarrdorf Breitscheid anders ins Bewusstsein. Gerade ist er fünfzig Jahre alt geworden, als seine Eheliebste ihm den schmerzenden Rücken mit Franzbranntwein einreibt. Ein Ausspruch des »Windlipps, eines Tunichtgut« in seinem Pfarrort, ist ihm da unversehens in den Kopf geraten:
»Herr Pärrner«, sagte der, »wenn der Mensch heut vernimmt: die fünfzig sind da, spürt er's am anderen Tag im Kreuz.-Ich dachte: wie wunderlich sind Gottes Gewohnheiten. Zuweilen lässt er noch nach langen Jahren aus dem Gedächtniskasten ein verschollenes Wort zur Weisheit werden und lässt durch einen ausgemachten Unnützlichen einen geistlichen Herrn, gleichsam seinem Gegenbruder, einen Wink zukommen. Der Windlipps tat, der bösen Zugluft gleich, nirgends gut, brachte mir aber zugleich die andere Volleule aus dem Dorf in den Sinn, den Strohdecker, der einmal vom Kirchdach herunterfiel und keinerlei Schaden nahm, sondern sich nur die Kehrseite scheuerte.«

Vom ersten Satz an erfahren wir in der Hirsekorn-Erzählung, daß Philippi's anderes Ich, im Buch Hirsekorn genannt, im Dorf Breitscheid eine besondere Heimat fand, die ihm apfelsüß und schlehenbitter zugleich schmeckte. Auch das Bittere nahm er in sich auf. »Es ist ein rauh Geschlecht«, sagt er über die Höhenbewohner: »Die Wildendorner (gemeint sind die Breitscheider) sind wie Eichenstrünke, die nicht leicht Feuer fangen, aber die Glut halten... Ich habe dort sieben Jahre gedient um meine Menschwerdung, und ich habe viel zu danken.«

Der Dorfkosmos wurde Teil seiner inneren Welt. Für Philippi waren die sieben Jahre in Breitscheid die wichtigsten. Seine Witwe schrieb nach seinem Tod an dessen Freund Reinhold Kuhlmann: »Mein Mann hat Land und Menschen dort oben so geliebt, wie nachher keine mehr.« Dieses Hineinwachsen in eine Gemeinde ist heute nicht mehr möglich. Das alte Dorf ist verschwunden.

Und die Natur, in der sich Philippi in dem abgelegenen Höhendorf eingebunden fühlte zwischen Himmel und Erde? Bedroht und beglückt. »So überschwänglich und unmittelbar in Herbigkeit des Leides und in lauter Frohsinn hatte sich mir die Natur noch nicht gezeigt. Himmel und Erde waren hier unberührt, wie von Uranfang unter sich und stürmten auf den Menschen überredend ein, daß ich wie benommen war.«

Seine Sprachbilder von der Wildnatur erinnern oft an scharfkantige Skizzen der Expressionisten. Der Dillenburger Maler Heinz Aubel hat so eine Westerwaldlandschaft gemalt: Erde und Himmel korrespondieren. Wir zeigen sie auf dem Titelblatt. Die Natur rückt ihm nahe: »Es war Absicht dabei, daß gleichzeitig die Wildnatur draußen die letzte Rücksicht fahren ließ gegen einen hochgeborenen Stadtherrn. Sie benahm sich so »schroh« (ungeschlifffen-häßlich d.V.), wie die Wildendorner selber sagten, als wäre sie für sich allein und behandelte den Menschen nicht als Hauptperson, sondern als lästiges Zubehör wie die Raben.«

Bei Philippi gibt es nichts im Dorf, was er aussortiert hätte, weil es minderen Ranges schien, auch den Windlipps nicht. Die Lebenserfahrung dieses Taugenichts und das Wunder beim Fall des Strohdeckers bewirken bei ihm das Aufflackern seiner frühen Zeit, was bei dem aristokratischen Proust das Aroma des Biskuitkuchens tat. Wie Fliegen um den süßen Trank der Geburtstagsmaibowle summen um ihn die alten Erinnerungen, die dem Dichter eine veritable Chronika des Pfarrers Hirsekorn vor die Nase führt und er aufzuschreiben beginnt. Wahrheit und Dichtung gehen dabei gewiß unlösbar ineinander, was die Breitscheider immer so irritierte. So ist ein höchst besonderer Dorfkosmos in der Wahrnehmung eines außergewöhnlichen Pfarrers entstanden und das alte Breitscheid ist für alle Zeiten für das Gedächtnis gerettet.
Kein Dorf und schon gar nicht ein Westerwalddorf war in Philippi's Lebensweg vorgesehen. Seine Heimatstadt Wiesbaden bot ihm eine feine Stelle im Predigtamt: »Meinen alten Adam mutete es wohlgefällig an, dass mich die Primadonna unter den Städten des Reichs, die Residenz und Weltkurstadt, begehrte.« In einem Zustand des schlafwandlerischen Zauderns schlägt er dieses verlockende Angebot aus und geht in das unbekannte Breitscheid, das für die Kurstädter jenseits der Zivilisation liegt.
Johann Peter aus Nenderoth im Westerwald, der vor einigen Jahren Fritz Philippi nach Jahrzehnten aus dem Dunkel vergessener Literaturgeschichte wieder ans Licht hob, schreibt über die Lebenswelt im alten Westerwald: »Und wirklich, wenn wir Heutigen die Lebensverhältnisse von damals betrachten, aus behaglicher Ferne - die Härte des Alltags erschüttert... Es war vor allem das unerbittliche Maß an körperlicher Arbeit, auf den Feldern, in Haus und Hof, bei aushäusiger Verdingung um kärglichen Lohn, was die meisten Menschen frühzeit altern ließ und ihre besten Kräfte verschliss. Dazu die Unbill des Wetters, der berüchtigte Winter. Der Vergleich mit Sibirien, so überzogen er ist, enthält dennoch einen treffenden Kern.« Die Betrachtungen von Fe-

derico Fritz aus Nenderoth, der unter dem Namen Johann Peter veröffentlicht, sind ein Paukenschlag in der zu schmalen Forschungsgeschichte zu Philippis' Werk. Es berücksichtigt alle Quellen und schuf gleichzeitig ein kleines Sprachkunstwerk. Es erschien als Nachwort im Erzählband von Philippi Erzählungen »Das geistliche Gespenst«. Wir bringen am Ende unseres Buches einen Auszug daraus. Der Band II der Hirsekornerzählung wird weitere Aufsätze zu Philippi enthalten. So die Rede des Heimatforschers Helmut Groos, auf dessen Anregung die Breitscheider Schule den Namen Fritz Philippi-Schule erhielt. Von seinem rundum fundierten Aufsatz zu Philippi zehren wir.

Initiation

Die Hirsekorn-Erzählung lebt von Philippis' Kunst, mit der die innere Entwicklung seines »Hirsekorns« in Beziehung gesetzt wird zur Dorfwelt.

Der Woost

Entgegen Warnungen vor einem kommenden Sturm hatte er sich einmal von Schönbach nach Breitscheid auf den Weg gemacht und gerät hoffnungslos in einen Schneesturm. (Woost), von dem bekannt ist, dass er seine Opfer nicht mehr hergibt. »Mancher wurde dann aufgefunden, als schon die Raben an ihm waren.«
Erst in Todesangst kommt Hirsekorn zu sich, sammelt sich, betrachtet sich selbst lichterhell und ohne Rücksicht: »Indem ich mich so für den Allerletzten erkannte und mit Spitz Zottelohr zusammen wärmte im Rachen der fressenden Wildnatur, fand ich mich mit leisem Beginnen in eine große Veränderung hinein. Neue Stimmen wurden in mir hörbar. Ich hatte, wie die Wildendorner sagten, »erkannt und bekannt«

und war dadurch bei der Wahrheit selber angekommen.« Jetzt erkennt er; seine »hochbeinige Gelehrsamkeit und verstädterte Hochehrwürdigkeit samt allen andern Heit und Keit« fallen von ihm ab. Dem Kältetod preisgegeben, findet er sich plötzlich gelöst von seiner bedrohten »armseligen Leiblichkeit«, gleichsam »entrückt im Geist« und erlebt eine Wandlung, die ihm die Menschen um ihn herum, ob gut oder bös, zu Brüdern macht.

Wie Philippi das erzählt, da wird's dem Leser in der Hirsekorn Stube leuchtend: »Philippi ist ein Wort- Schöpfer, einer, dem es gegeben ist, das Leben, das ihn umringt, zur Sprache zu bringen«, so Johann Peter. Hell wird's vor allem, weil er den Großstadtschnösel in sich abgeschüttelt hat. Er findet in einem armen Dorf zu sich, zu seiner Ehe, die Konflikte erträgt in schönen Schaukelbewegungen. Er findet zu wunderbaren Freundschaften, zu Gotteserfahrungen.

Hirsekorn: »Ich hörte noch einmal meinen Pfarrergeneral zu seiner Sendung in das Westerwalddorf sagen: »Sie werden sich entschädigt fühlen, wenn Sie in der Einsamkeit keine Ausflucht mehr wissen vor sich selber. Das ist der Anfang. Dann werden die Großtaten des Lebens, Geburt und Sterben, sich zu Ihnen machen und in Höhen und Tiefen ausklingen bis zum letzten Ton«.

Das ganze Spektrum des Lebens

Es war das »ganze Spektrum des Lebens«, das Philippi in Breitscheid noch vorfand, und das der »Pfarrergeneral« meinte: Die gemeinsame Arbeit, offene Häuser und Handwerksstuben schufen ein enges Netz; auch Nachbarschaftshilfe oder störrischen Unfrieden, aber dann auch wieder gemeinsame Dorffeste; Geburt und Tod, woran jeder Anteil nahm.

Fritz Philippi und Roderich Feldes

Roderich Feldes beschreibt sechzig Jahre nach Philippi das Verschwinden dieser Kulturform Dorf, die Philippi noch vorfand, als Folge der hochgerüsteten Konsumwelt und konstatiert eine Zerbröselung der Gesellschaft in Einzelne: »Und auch im Dorf werden die Gruppen immer kleiner, maximal noch Kegelclubgröße, weil eben nicht mehr das ganze Spektrum des Lebens die Klammer ist, sondern Berufe, Anschauungen, Selbsteinschätzungen, Hobbys, die Kontakte bedingen.«
Darum gibt die Roderich Feldes Gesellschaft auch Werke von Fritz Philippi heraus. Er und Feldes haben über die Zeiten hinaus mit ihrem Lebensthema direkte Bezüge zueinander, nicht nur durch die Region, und lassen uns die Entwicklung im heimischen Raum durch Anschauung verstehen; eine Entwicklung, die im europäischen Raum ähnlich war.
Fritz Philippi blieb sieben Jahren in Breitscheid. »Mach dich fort oder wage zu sein, was du bist, ein Mensch allewege!« Auf seiner nächsten Pfarrstelle in Diez, wo er zugleich Seelsorger im Zuchthaus ist, erhält er von den Strafgefangenen seinen endgültigen Namen »Bruder Mensch«, so schreibt Klaus-Peter Mücke in seinem Beitrag über sein Pfarrerleben und von seiner Leseerfahrung mit Hirsekorn. Demnächst soll auch der zweite Band der Hirsekorn-Erzählungen erscheinen. Er heißt »Pfarrer Hirsekorns Zuchthausbrüder«.

Albrecht Thielmann
Dillenburg November 2013

Vom Pfarrer Mathias Hirsekorn
und seinen Leuten

1. Warum Hirsekorn sich selber bedichten mußte.

Am Morgen nach meinem fünfzigsten Geburtstag saß ich, Mathias Hirsekorn, im Bett auf und ließ mir von meiner Eheliebsten den Rücken mit Franzbranntwein einreiben. Während mein Hausglück mich unter den Fingern hatte und, wie ich mutmaße, vor Wohlgefallen an meinem erzwungenen Stillhalten leise ächzte, sann ich darüber nach, was vor Jahrzehnten in meiner Westerwälder Zeit der Windlipps für einen Ausspruch tat. Die Erinnerung daran kam jetzt wieder und klang wie eine Vorhersage.

»Herr Pärrner, wenn der Mensch heut vernimmt: Die Fünfzig sind da!, spürt er`s am andern Tag im Kreuz«.

Der Windlipps machte einen Buckel wie eine Katze, wenn`s donnert, und stackerte am Stecken davon. Er hatte sein Jubiläum mit dem Bruder Branntwein zusammen gefeiert und sich von dem Schelmgeist auf dem Heimweg nach dem Armenhaus unter Glucksen und Lachen bereden lassen, der nasse Weggraben wäre sein Bett.

Ich dachte: Wie wunderlich sind Gottes Gewohnheiten! Zuweilen läßt er noch nach langen Jahren aus dem Gedächtniskasten ein verschollenes Wort zur Weisheit werden und läßt durch einen so ausgemacht Unnützlichen, einem geistlichen Herrn, gleichsam seinem Gegenbruder, einen Wink zukommen. Der Windlipps tat, der bösen Zugluft gleich, nirgend gut, brachte mir aber zugleich die andre Volleule aus dem Dorf in den Sinn, den Strohdecker, der einmal vom Kirchdach herunterfiel und keinerlei Schaden nahm, sondern sich nur die Kehrseite scheuerte.

So befand ich mich im Nachdenken unter lauter Säufern und erstaunte, daß es solchen meist über Verdienst glimpflich erging. Ich aber hatte gestern als Pfarrersmann ehrbarlich zum Fest meines halben Jahrhunderts eine Apfelweinbowle, mit Maitrank gemischt, von meiner Amalie auf den

Tisch setzen lassen. Die alten Erinnerungen hatten wie Fliegen um den süßen Trank gesummt. Denn ich hatte ihn unter gutem Zuspruch mit meinem zugereisten alten Amts- und Herzensbruder, dem Hasselbächer, ausgelöffelt. Es war wie in verwichenen Zeiten, da wir in der Hainbuchenlaube zu Wildendorn saßen.

»Mathias, deine Wildendorner würden sagen: »Der unser und der Hasselbächer Pärrner hockten beieinander und sufen den Wein aus einer gläsernen Suppenschüssel'«.

So sagte der Hasselbächer und lachte mit dem weißen Zwickelbart, ahnte aber nichts von den Folgen.

Meine Amalie dagegen weissagte post festum wie eine Sybille, als habe sie im voraus gewußt, was sie heute erst erfuhr: »Das hast du davon!«

Ich schwieg, weil es nicht ratsam ist, jemand zu widersprechen, solang er Gewalt über einen hat. Zustimmen wollte ich noch weniger, da Frauen ohnedies sich einbilden, die besten Juristen zu sein, weil sie immer recht haben.

Vielmehr lenkte ich ab und pries die gütige Vorsehung, daß zwei, die als langjähriges Ehepaar sich zur Conditio sine qua non, also unvermeidlich, geworden sind, nicht einerlei Rücken und darum auch nicht gleichzeitig einen Hexenschuß hätten.

Meine Unvermeidliche nahm solche sachliche Erwägung für Spott und trumpfte mich ab: »Nun wirst du bald zahm werden. Mit der Jugend is's aus!«

Da sie gleichzeitig von mir abließ und ich Linderung verspürte, begehrte ich auf: »Oho! Ich bleibe jung, solang ich noch Buttermilch kauen kann!«

Ihrem feinen Gehör entging nicht, daß ich das Ich betonte. Ich hatte es mitnichten darauf abgesehen, Amalie zu kränken, weil sie, erheblich jünger an Jahren, schon frühzeitig ergraut ist. Vielmehr spürte ich Lust, ihren Widerspruch zu stacheln und mir durch Hin- und Widerrede bekömmliche Bewegung zu machen.

Sie lachte voller Schadenfreude, indem sie mir über den

Scheitel blies: »Die Glatze wächst!«

Mich belustigte, sie durch Zustimmung zu entwaffnen: »Die Weiblichkeit darf sich mit Anstand keine Glatze stehen lassen? Meine letzte Jugendtorheit werde ich erst gemacht haben, wenn ich mich auf den Hobelspänen ausstrecke«.

Um dafür den Beweis zu erbringen, ließ ich sie wissen, daß ich es satt hätte, immerfort wie bisher »Lügengeschichten« zu machen, wie mir die Wildendorner vorwarfen.

»Ich habe Lust, zur Abwechslung die wahrhaftige Chronika meines merkwürdigen Lebenslaufs zu schreiben«.

Amalie ließ den Mund offen stehen und starrte mich an, daß ich Zeit gehabt hätte, ihre sämtlichen Vornamen, die wirklichen und die von mir hinzugedichteten, aufzusagen: »Amalie, Ludowika, Barbara, Pulsatilla, Kamomilla, Nikotina, Veronika!«

Als sie den Mund wiederfand, blitzten ihre Augen in jugendlichem Eifer, der ein Gemisch von Empörung und heimlicher Angst war.

»Ich glaube gar, du wärst imstand dazu und schämtest dich nicht vor den Leuten!«

Ich fragte harmlos zurück: »Was wäre da zu schämen?«

»Ahnst du denn nicht, welch ein Gottesglück es für dich ist, daß deine Leser dich nicht wirklich kennen?«

Unsre Unterhaltung wurde lebhaft und steigerte sich, als riefen wir uns aus beträchtlicher Entfernung zu. Es ist immer ein bedeutsames Zeichen, wenn Amalie mich Pegasus heißt.

»Pegasus- Wer dich Hirsekorn genannt hat, kann`s nicht verantworten. Für dich ist gar kein Samenkorn gewachsen zum Vergleich. Du solltest Kürbis oder Dickwurz heißen!«

Selbst mein Einwand »Du kämst doch dabei nicht schlecht weg!« dämpfte ihre gerechte Entrüstung nicht. Mit einem vielsagenden »Du wirst dich hüten!« fuhr sie von dannen, während ich mich erhob.

In meiner pfarrherrlichen Studierstube fühlte ich, daß ich aufgemuntert sei. Der Hexenschuß war fast vergessen. Dagegen war ich dankbar, daß mein Weib mir zum Gegenpart gegeben sei. Dadurch wurde mein Leben auf die Schaukel gesetzt. Wir wippten uns wechselseitig auf und ab, wußten von ehelicher Langeweile nichts und kamen zum Ausruhen ins Gleichgewicht.

Aber der Enkelsohn Spitz Zottelohrs schlich hinterm Ofen hervor und sah mich mit dem kindlichen Ernst seiner Hundeaugen an. Er stellte mir heute die Frage: »Warum sind die Menschen solche Versteller? Wenn die Menschen so vielerlei Kleider oder Häute auf sich tragen müßten, als sie am Tage sich wechselweise etwas vortäuschen, würden sie darunter begraben oder gingen umher wie ein wandelnder Kleiderladen«.

»Spitz Zottelohr, du hast nur ein Fell. Dir sähe ich`s wie einst deinem Großvater auf den ersten Blick an, wenn du ein weggelegtes Hühnerei ausschlecktest. Das tust du nicht, weil ich in der Großstadt keine Hühner halten kann wie einst in Wildendorn«.

Aber als Mensch vor seinesgleichen kein Hehler zu sein, kostete einen gewaltsamen Ruck. Ohne den Westerwald hätte ich es kaum gelernt.

Damit hatte ich die Heide heraufbeschworen mit ihrer schrankenlosen Einfalt. Ich kam ins Nachdenken. So wurde es immer, aus Scherz wurde im Handumdrehen Ernst und ließ mich nicht mehr los.

Und Ernst wurde umschichtig Schalkerei. Ich zog in meiner stadtherrlichen Sakristei den Talar an und wartete auf ein Brautpaar, das willig war, sich zusammenknüpfen zu lassen. Von ungefähr griff ich in die Tasche, wobei mir auffiel, wie angefüllt sie sei. Ich lachte über die Ursache. Gestern hatte ich ein schmutziges Taschentuch vertraulich auf Amaliens Schoß abgelagert. Sie schob es entrüstet von sich und verlangte, ich sollte das Stück eigenhändig in die Wäschekammer tragen. Was ich aber hausherrlich ablehnte. Denn ich war`s von Kind auf gewohnt, meine Tasche stillschweigend mit reinen Nastüchern versorgt zu finden.

Nun hielt ich das Korpus delikti wieder in der Hand. Mein

listiges Weib hatte es mir in das geistliche Gewand gesteckt.

So schaukeln wir uns auf und ab. Bald ist sie oben, bald ich. Wir kamen auch ins Gleichgewicht, als wir ernsthaft von meinem neuen Buch sprachen.

Sie schloß einen Vertrag wie eine kriegführende Macht und bedang sich zwei Sicherungen aus. Zum ersten, daß ich nur von der längst verflossenen Wildendorner Zeit schreibe. Zum andern durfte ich die Handschrift nicht aus dem Haus geben, bevor sie das weibliche Imprimatur empfing.

Dann wollte mich meine Unvermeidliche gewähren lassen und davon Abstand nehmen, mir alle Morgen Kreide ins Tintenfaß zu schaben.

»Du heißt Pegasus. Du kannst nicht anders. Es ist deine Art, mit dem Leben zurechtzukommen, daß du es bedichtest. Dein Erleben wird dir so zum Spiel«.

Sie schloß. »Bedichte dich nur. Dir glaubt doch niemand, daß es keine Lügengeschichte ist«.

2. Wo Fuchs und Has`sich »Gute Nacht« sagen.

Auf dem hohen Consistorio zu Wiesbaden, in der Schicksalsstube aller Pfarrer des Landes, war`s etwas Alltägliches, daß Pfarrstellen ausgeteilt wurden wie Wecken im Laden. Wer aber hier als seltener Gast eintrat, eingedenk der Untertanenweisheit: Gehe nicht zu deinem Fürst, wenn du nicht gerufen wirst, der empfing sein Orakel: Nimm deinen Stab und gehe dorthin!

Für mich hatte sich eine zweifache Wichtigkeit zugetragen, als ich vor meinem obersten Vorgesetzten stand. Ich empfing außer meiner ersten selbständigen Pfarrstelle den Beweis, welche Macht einer überragenden Persönlichkeit in die Hand gegeben ist. Mein damaliger Pfarrergeneral war in Wahrheit ein Bischof, der seine Geistlichkeit wie Saul um eines Hauptes Länge überragte.

Als ich die Knöpfe meines Pfarrerrocks noch einmal befühlte, ehe ich durch die Schicksalstür ging, schien mir mein Los bereits vorbestimmt. Es war mir »aufs Liebliche gefallen«, wie ich wähnte. Denn ich war von meiner Heimatgemeinde als Hilfsprediger erbeten worden. Meinen alten Adam mutete es wohlgefällig an, daß mich die Primadonna unter den Städten des Reichs, die Residenz und Weltkurstadt, begehrte. Meine jüngst verwitwete Mutter zitterte vor Freude: »Wenn das der Vater noch erlebt hätte!« Ihr Herzenswunsch, mich auf der Kanzel der Vaterstadt zu sehen, wurde erfüllt. Und in mir selber klopfte Bangigkeit und Stolz an die Wand meiner Brustkammer. Ich sollte den hohen, einsamen Ort betreten im Gotteshaus, zu dem ich als Junge aufgeschaut hatte mit bewundernder Scheu für die Männer, die solchen Mut hatten und soviel mehr wußten als gewöhnliche Sterbliche.

In der Schicksalsstube aber saß ich mit scheu aneinander gepreßten Knien und hörte eine abgründige Stimme von einer ganz andern Himmelsrichtung her reden. Dabei sah ich in zwei sichere Augen, die Wort für Wort bestätigten als die lautere Wahrheit und den Vorhang vor der Wirklichkeit wegzogen. Davor mußte das Schaukelspiel meiner Einbildung verflattern, denn die Wahrheit war unerbittlich.

»Mir tut jeder junge Mann leid, der in der großen Stadt sein Predigtamt beginnen muß. Er soll immerzu sich ausgeben, bevor er sein Eignes gefunden hat und zu sich selber gekommen ist. Er ist, bei der Häufigkeit der Fälle, in Gefahr, ein Schwätzer zu werden. Nach Jahr und Tag freut er sich womöglich seiner Routine, wie er auf Kommando losreden kann und merkt nicht, daß er ein geistiger Fabrikarbeiter wurde. Predigtknecht, Massentäufer und bei Beerdigungen Lieferant für die trostreichen Worte am Grabe«.

Auf der gebietenden Hakennase ließ sich der schwarze Hornkneifer nieder wie der Adler auf dem Horst. »Wenn Sie die Stelle haben wollen? Wohlan! Aber Sie werden an mich denken, so oder so. Kommen Sie in acht Tagen wieder und sagen Sie mir Bescheid!«

Ich stand wie betäubt auf der Straße und sah mich um, als müsse ich mich in dem Getriebe erst auf die Füße stellen. Daheim weinte die Mutter und wurde nach Frauenart, der Sachlichkeit ermangelnd, ungerecht gegen den Mahner, der ihren Lieblingswunsch durchkreuzte.

»Er gönnt dir`s nicht! Wenn er`s wirklich so meint, darf er keinen jungen Pfarrer in die Stadt lassen. Aber er hat schon einen andern in petto«.

Zwar bestritt ich dies, denn die Entscheidung stand bei mir. In den acht Tagen aber, als alle auf mich einredeten, wurde ich vom Zwiespalt bis in die Träume verfolgt. Mein Gewissen mußte alles stehen lassen, unverrückt, was der Pfarrergeneral gesprochen. Um so lockender waren die äußeren Annehmlichkeiten der Stadtstelle. Dazu kam die Furcht vor dem unbekannten Land. Ich schanzte mich hinter die Ausrede, daß die Rücksicht auf meine Familie von mir dieses »Opfer« verlangte.

So sammelte ich mich in meinem Trotz und wollte wieder

besseres Wissen bitten, was mein alter Adam begehrte.

»Nun, Mathias Hirsekorn, wie haben Sie sich entschlossen?«

Vor dem Adlerblick brach zu meinem eigenen Verwundern mein mühsam aufgebautes Selbstbewußtsein zusammen. Ich spürte, wie mein schlechtes Gewissen mich bloßstellte und mir die Röte meines Barts bis in die Haarwurzeln steigen ließ. Ich war ein schuldbewußter Junge, als ich wider Willen meinen Verzicht stammelte: »Tun Sie mich nicht in die Stadt!«

Ich konnte nicht anders. Das Lob des Bischofs verdiente ich nicht. Er erhob sich und legte mir väterlich die Hand auf die Schulter: »Sie werden es mir noch danken. Erleben Sie erst etwas und dann kommen Sie als gewachsener Mann wieder, wenn Sie noch wollen«.

Damit aber war ich ins Ungewisse verstoßen. Ich war, wie der Pfarrergeneral lächelte, ein »Stellensuchender«, dem die Welt ins Gleichgewicht gerückt werden sollte.

Mein Schicksalsmann schlug sein Notizbuch auf. Er war in seiner geistigen Kraft so geschlossen, daß er, was andern unerlaubt gewesen wäre, mit schweren Dingen scheinbar scherzhaft umgehen durfte.

»Drei alte Pfarrer sind gestorben? Eine fruchtbare Woche für junge Leute!«

Ein Auge kniff er zusammen, während das andre unentwegt blickte und milderte so den Ernst der Tatsache, daß die Jugend elendiglich auf das Sterben der Alten warten und von ihrem Tod Vorteil haben mußte.

Zum erstenmal im Leben hörte ich den Namen Wildendorn. »Gehen Sie dorthin!« sagte der Pfarrergeneral. Ich merkte, daß er noch einen besonderen unausgesprochenen Grund hatte, der ihn zuversichtlich machte: »Das wird für Sie etwas sein!«

Um mich rauschte und brauste es: »Wildendorn!?« Aus dem Unbekannten rief eine ferne Stimme: Wildendorn! Ich sah ein Dörflein irgendwo. Auf das fuhr ich zu wie der Wind. Wir gehörten künftig zusammen.

Es hatte sich etwas seltsam Tiefes ereignet. Ich hatte eine Gemeinde.

In dieser Stunde hätte ich mich überallhin schicken lassen. Es war so bestimmt über mich und lockte aus den Augen des Pfarrergenerals: ich würde es nicht bereuen.

Dann aber stand ich abermals auf der lauten Straße und ließ mir zurufen, daß ich mich wie ein Lamm habe zum Einfalt halten lassen. Gegen die Vorwürfe daheim konnte ich mich schlecht verteidigen. Ich verdächtigte mich vor mir selber, dem Zwang einer fremden Überzeugung nachgegeben zu haben.

Mit meiner guten Mutter, deren Stolz ich war, hatte ich eine schwere Stunde. Sie war eine Frau, deren Güte ebenso ausgeprägt war wie ihre Willensstärke. Als ich eintrat, las sie auf meinem Gesicht ihren und meinen Mißerfolg.

Sie begrub ihren Lieblingswunsch.

Wir waren beide von der Stadt gefressen. Nur in der Stadt ließ sich`s menschlich leben. Das Land war die Unkultur. Auf dem Land geboren zu sein, war minderwertig. Wenn ich die Mutter reizen wollte, durfte ich nur, harmlos tuend, fragen: Gelt Mutter, wir stammen aus Hinkelshausen!« Dann antwortete sie im Eifer nicht recht verständlich: »Du magst meinetwegen dort auf dem Mist geboren sein. Ich bin von hier!« Ihre Familie zählte zu den eingesessenen Virrechen«, der Vetternschaft der alten Kleinstadt. Mein Vater, der ein Hergelaufener aus dem »Buchfinkenländchen« war, wurde mit rauhen Kehllauten angeraunzt: »Wo is der Karle har?«

Und nun ließ sich der Abgott auf den hohen Westerwald verbannen! Das Hochland war als nassauisches Sibirien verschrien. Dort war dreiviertel Jahr Winter. Die Zwetschen brauchten angeblich wie die Wacholderbeeren zwei Sommer, um reif zu werden. In den Wolken hausten dort von allen Beamten die »höchstgestellten«. Zu Herzogs Zeiten hatte droben jeder Pfarrer und Lehrer »Dreck am Stecken!«

»Hast du denn solch ein schlecht Examen gemacht?« weinte die Trostlose.

Ich war nie ein Examensheld gewesen. Ich hatte immer rechtzeitig bestanden und war pünktlich von der niederen Schulbank auf die höhere gerutscht. Nur die Mutter hatte an mir Besonderes wahrgenommen. Für meine Vorgesetzten, eigentlich auch für mich, gehörte ich zur Mittelmäßigkeit. Höchstens fiel an mir, unangenehm für geruhige Leute, meine laute Lebhaftigkeit auf. Dessentwegen hatte allerdings auch der Hirsekorns Großvater in seiner letzten Krankheitszeit mir eine hohe Zukunft prophezeit: »Der stirbt noch am Galgen, wenn er sich nicht vorher die Schwindsucht an den Hals schreit!«

Andre drückten sich gelinder aus: »Wenn der stirbt, muß man ihm das Maul extra totschlagen«.

Wildendorn lag mindestens drei Stunden weit von der nächsten Bahnstation. Daß mich dort einer besuchte, war ausgeschlossen. Aus lauter Herkömmlichkeit zusammengesetzt, hörte ich aus der Mutter Munde mich selber: »Du bist dort hinterm Mond daheim, wo Fuchs und Has` sich »Gute Nacht' sagen«.

3. Was ich hinten im Sack behalten sollte.

Aber wir konnten jetzt heiraten! Das war die Hauptsache, um derentwillen ich alle Schlehdörner in Kauf nahm. Meine Amalie, die damals nur einen einzigen Rufnamen, den auserwählten und unpersönlichen aller Brautlaute, »Schatz« hatte, ging gern aufs Land. Für sie lag das Landleben im Glanz der Schulferien, die sie wiederholt auf dem Dorf verbrachte.

Wir hatten alle Hände voll von Hochzeit und Umzugsvorbereitungen. Zwischendurch griffen wir begierig alle Leute auf, die irgendwoher etwas von Wildendorn gehört hatten.

Dann war die Hochzeit vorüber, von der Amalie, einem uralten Mißtrauen zwischen Mann und Weib gehorchend, mir verboten hat, zu erzählen. Wir waren uns selber überlassen und kehrten, Schulter an Schulter, unser Antlitz nach dem Wolkenkuckucksheim, wo wir uns unser Nest bauen wollten.

In der Kreisstadt übernachteten wir bei entfernten Verwandten Amaliens. Ich suchte meinen neuen Dekan auf und erfuhr zum erstenmal von einem geistigen Kenner, was mich in Wildendorn erwarte.

Ach du! Wo war ich hingeraten! Die Wildendorner bekamen kein gutes geistliches Schulzeugnis.

»Es ist heißer Boden. Vorsicht, höchste Vorsicht ist am Platz«.

Die traute mir der Dekan offenbar nicht zu, was ihm nicht zu verübeln war, da er mich vom Predigerseminar her kannte. Auch dort war ich meines Mundwerks wegen aufgefallen, weil ich an allem, was nur in den Weg kam, Leuten, Kircheneinrichtungen und Lehrern, mir gern den Schnabel wetzte.

Die Wildendorner nannten das, wie ich später durch Urschels Krischer erfuhr, einen Freigeist. »Denn warum? Wie ich`s im Maul hab, speutz ich`s aus!«

Des Dekans oberhirtliche Anweisung, die er mir unter vier Augen gab, war freundschaftlich in ungewöhnlicher Form. Das Schifflein der Kirche lavierte zwischen den Klippen der Sektierei. Kritik an »Gottes Wort« vertrug das Völklein dort oben nicht.

Ich sei früher sehr kritisch gewesen, ob ich das heute noch sei? Der Dekan beäugte mich argwöhnisch. Alle Stichelhaare aus seinem kurzgehaltenen grauen Bart stachen nach mir. Als ich mich als Schüler von Hermann und Harnack bekannte, den Altmeistern der neueren Theologie, beschwor mich der Dekan mit hochgezogenen Augenbrauen:

»Das lassen Sie ganz hinten im Sack!«

Wie ich das machte, war meine Sache. Ich könne darauf gefaßt sein, daß eines Abends unverhofft etliche Männer zu mir ins Pfarrhaus kämen, um dem neuen Hirten auf den geistlichen Zahn zu fühlen.

Mich litt es nicht länger, ich mußte meinen Bestimmungsort, der künftig auf Jahre hinaus mein Aufenthalt war, mit eignen Augen sehen. Ich nahm den Stab und wanderte ins Hochland über manchen Hub und Stieg, an Schwarztannen und struppigen Wacholdern vorüber bis auf die Hochheide. Unterwegs ermahnte ich mich, jedes Wort genau zu überlegen und wie auf Eiern zu gehen.

Der frische Wind kühlte meine heiße Stirn. Die hohe Heide konnte Umschau halten bis zu den blauen Hinterlandsbergen und behielt »nichts im Sack«.

Plötzlich fühlte ich, wie weitab die Stadt lag. Ich war ohne Anhalt aufs ungewisse in eine fremde eigne Welt gestellt. Und sollte doch mit ihr in geistige Gemeinschaft kommen?

Den starren Zug zur Abgeschlossenheit verleugnete die Heide selbst in dem strahlenden Sonnenglanz nicht. So war auch der Eindruck der wenigen Menschen, die mir im Dorf begegneten, voll abwartender Zurückhaltung. Fast zögernd wurde mein bereitwilliger Gruß erwidert. Nur der Lehrer nahm mich voller Gastlichkeit auf. Mein Vorgänger, den ich im Umzugsdurcheinander traf, war wortkarg, jedenfalls ganz andersartig als ich. Als ich nochmals am Nachmittag ins Pfarrhaus eintrat, stand er im Hausgang und verrichtete in den vorgehaltenen Hut sein Gebet. Zwei Kirchenälteste standen dabei. Der schwere Ernst ihrer Mienen hielt meinen raschen Fuß an.

Das war der Abschied meines Vorgängers. Hampitters Gottlieb, der später mein besonderer Freund wurde, sah durch die offene Tür weithin: »Es ist ein Kommen und Gehen unter den Menschen!«

Abermals rührte mich eine heimliche Hand an: Wo bist du hier? Das hätte in der Stadt keiner gesagt.

Nach solcher Zurückhaltung beim ersten Schauen wunderte ich mich um so mehr über den geradezu überschwänglichen Empfang, den uns die Wildendorner bereiteten. Da wir gänzlich unvorbereitet waren, hatte es den Anschein, als ob in der Zwischenzeit weniger Tage ein wunderlieblicher Vogel unser Lob in allen Tonarten gesungen hätte. Wir kamen zu einem hohen Fest des ganzen Dorfes, dessen Mittelpunkt wir waren. Daß so ein Aufsehen um uns gemacht wurde, machte Frauchen schier ängstlich, weil es sie bedrückte. Als Hilfsprediger in der Großstadt hätte ich unauffällig meinen kirchlichen Arbeitsplatz eingenommen.

Hier war unsre Ankunft ein hohes Ereignis, um dessentwillen in der strengsten Arbeitszeit des Jahres, der Heuernte, da Meister Hämmerling von früh bis spät die Sensen dengelt, mitten in der Woche gefeiert wurde.

Ich erwog damals noch nicht, daß von der allgemeinen Begeisterung mancherlei in Abzug gebracht werden mußte, das nicht den neuen Pfarrersleuten galt. Der Neuigkeitshunger des welteinsamen Dorfbewohners, seine unverbrauchte Genußfähigkeit wirkten als selbstsüchtige Triebkräfte mit. Uns aber riß das Volksfest an sich. Alle alten Schießeisen knallten, als unser Wagen ankam. Unter schwebenden Tannenkränzen stockte unser Gefährt im versammelten Volk und hielt vor dem breiten Steinkasten des Pfarrhauses.

Willkomm! Ein blaues Band schlang sich über den Weg.

Von allen verfügbaren Augen beguckt, traten wir vor. Ein Bursche, hochrot vor Feierlichkeit, sagte ein Gedicht her. Der Lehrer hielt unsern Hausschlüssel in der hocherhobenen Hand und leitete damit den vollen Chor der Schulkinder.

So empfing uns das ganze Dorf und jedes Glied einzeln, wie sehnlichst Erwartete und reichte uns etwas dar. Was war das? Mathias Hirsekorn! Was machte dir warm unter der Weste und machte dich froh und beschämt zugleich? – Die Heimat!

Niemand sagte es mit Worten, als sei es selbstverständlich. Von Stund an sollte ein Bund geschlossen sein; etwas Wunderbares sollte sich vollzogen haben. Ehe ich wußte, wie mir geschah, vergaß ich alle guten Vorsätze geistlicher Diplomatie. Ich stand auf der hohen Pfarrtreppe und antwortete auf die wohlgesetzte, würdige Rede des Schulmannes nicht mit einer einstudierten Ansprache, sondern sagte, was mich überfallen hatte wie Weihnachten:

»So sind wir nicht mehr Gäste und Fremdlinge, sondern Bürger mit euch zusammen und Gottes Hausgenossen!«

Der Möbelwagen rumpelte vor die Tür und alle Hände streckten sich im Wetteifer aus, um ein Stück Hausrat über die Schwelle zu tragen, als gäben sich alle mit darein in unsere Häuslichkeit.

Mein junger Schatz umhalste mich: »Dein Pfarrergeneral hat`s gut mit uns gemeint«.

Am Freitagnachmittag wurde ausgeladen, am Sonntag hatten wir zur Einführung schon zwei Dutzend Gäste im Haus. Meine Bitte um acht Tage Aufschub war abgeschlagen worden. Der Dekan, der unermüdlich geschäftig war, hatte seine Zeit genau eingeteilt und hielt auch bei seinen Pfarrern darauf.

Ich spürte den Dekanatsknüppel: Hier herrscht Ordnung!

Am Sonntagvormittag stand ich auf der Leiter und hing im Studierzimmer Vorhänge auf. Da rollte schon der Wagen meines Vorgesetzten an. Den Dekan belustigte es, daß ich ihn in Pantoffeln empfing. Meiner umsichtigen Schwiegermutter machte er leutselig Komplimente: »Sie müssen Tag und Nacht fleißig gewesen sein«. Wir hatten uns freilich um unsrer Gäste willen fieberhaft geregt.

Meine Predigt »saß« schon längst. Spät, am Samstagabend, als wir ein halbes Stündchen verschnauften, hatte ich mir den unpassenden Scherz erlaubt, nach beliebter Untertanen-Unart den Dekan zu karikieren: Gebt acht, morgen, wenn ich mit meiner Antrittspredigt fertig bin, fängt der Dekan so an.«

Der Dekan stieß leicht mit der Zunge an, hatte auch sonst seine Angewohnheiten, die wir in der Kandidatenzeit kritiklustig als die Hauptsache behielten. Der allgemeinen Wertschätzung und Beliebtheit tat das keinen Abbruch.

Der Dekan neigte dazu, selbstverständlich zu werden und, was jeder längst wußte, nochmals würdevoll bekanntzugeben. So ahmte ich ihn im spielerischen Drang nach in Wort und Gebärde:

»Lübe Gemeinde Wüldendorn! Wür sünd versammelt, um einen neuen Pfarrer, euren Pfarrer, in sein Amt einzuführen«.

Ich hatte bei meinem Schatz und ihrer Freundin, einer Nachbarspfarrfrau, mit meiner Mimerei den gewünschten Heiterkeitserfolg. Tags darauf kam ich in die größte Verlegenheit, als ich arglos und weltenweit von allem Schabernack dem feierlichen Ernst der Stunde hingegeben war.

Da überfiel mich die Strafe für mein loses Mundwerk, das ich mir angeblich abgewöhnen wollte.

Es hätte übel ablaufen können. Ich hatte mein Predigtlein brav gehalten und mich dabei Auge in Auge von den rindenbraunen ausgeprägten Gesichtern auf der Männerbühne und ihren greifenden Blicken angefaßt gefühlt: »Was bist du für einer!« Schon als ich die Kirchhofsschwelle überschritt, kam von den Grabkreuzen einer am Stecken angehumpelt: Pfuhls Hanjer, dem nicht nur seine Hände, sondern auch der Kopf unablässig wackelten. Der Hanjer reichte mir die kalte Greisenhand, indem er zittrig mit der andern auf die überfüllte Kirche deutete: »Hier is Ackerland `s ganze Jahr!«

Der Dekan nickte gewichtig und sah mich an. Er wiederholte mit seinem Blick seinen wohlgemeinten Rat vom »Hinten im Sack behalten«. Darüber wurde mir feuerheiß in der heimlichen Sorge, ob ich hier der rechte Mann am rechten Platz sei? Aus meiner Stimme bebte die Bangigkeit der Verantwortung. Ich machte heute schon mein Glaubensexamen.

Das gute rotwangige Muttergesicht der Schusterjette kam mir zu Hilfe. Die holzgeschnittenen Mannsbilder waren mir zu schwer. Ich hatte nur meinen guten Willen und bat dafür um Zutrauen.

So stand danach vor dem Dekan ein durchaus bescheidener Mathias Hirsekorn auf der untersten Altarstufe. Ich war verlänglich nach einem aufmunternden Wort.

Und sah auf und fühlte mich wie durch einen Faustschlag aus meiner andächtigen Welt geworfen!

Es war, als mimte jetzt der Dekan mich an. Die Äuglein glitzerten, das Zünglein stieß an und durch die atemlos stille Kirche klang wörtlich mein prophezeiter Satz:

»Wür sünd hür verammelt!«

Der Umschwung war zu jählings, als daß ich geziemend Herr meiner Mienen bleiben konnte. Übermenschlich mit einem wilden Lustgefühl ringend, hatte ich nur die Wahl, ob ich lieber lachen oder ein wütendes Gesicht schneiden wollte.

Mir traten die Augen vor den Kopf. Meine Nasenflügel blähten sich unter schweren Atemstößen. Ich sah nach Amaliens Ausspruch wie ein Berserker aus.

Der Dekan erkundigte sich hinterher teilnehmend, ob mir etwas gefehlt habe.

Aber was? Behielt ich ganz hinten im Sack.

Familie Philippi vor dem Pfarrhaus

4. Neue Besen kehren gut.

Zunächst waren wir in den Flitterwochen und hatten uns die schönste Sommerfrische ausgesucht. Vom Pfarrhaus sahen wir stundenweit bis in die blauen Berge und vor meinem Fenster stand eine mächtige Schwarztanne, durch deren Gehäng das reine Luftmeer rieselte. Allenthalben diese taufrische Farbenpracht! Der Westerwald trug durchaus Hochgebirgscharakter. Der Himmel tropfte vor geläuterter Bläue. Die Sonne lachte silberhell am Morgen. Am Mittag singelte die Ernteglut unhörbar und füllte die weite Himmelsglocke und am Abend sang die Sonne mütterlich ihren rotgoldnen Erntesegen ins Herdengeläute, wenn das Vieh von der Hub ins Dorf brüllte.

Das Lied war neu und stark und unsre jungen Herzen himmelten mit. Neben uns ging türein und –aus, in den Wald und auf die Heide glückverheißendes Gelingen. Es störte nicht, machte vielmehr das Geheimnis um so märchenhafter, daß das Sonntagsgesicht meiner neuen Welt allenthalben voller Falten und Krummen war. An einem Regentag blickte uns aus Himmel und Erde vorbedeutend ein verrunzeltes Sorgenantlitz an voll ursprunghafter Schwermut.

So überschwänglich und unmittelbar in Herbigkeit des Leides und in lauter Frohsinn hatte sich mir die Natur noch nicht gezeigt. Himmel und Erde waren hier unberührt, wie von Uranfang unter sich und stürmten auf den Menschen überredend ein, daß ich wie benommen war.

Ich war wie die Mücke im Fliegenglas, die überall an glashelle Wände stieß.

Aber das war anfänglich und vorübergehend, daß mir die Natur herrisch vorkam in Freud` und Leid und mich überwältigte. Ich war in der Vorschule und nahm vorerst nur wahr, daß in dieser Welt alles, was nicht wie der Fruchthalm in kurzer Sommerfrist lang und glatt emporschoß bis zur Reife, in gedrungenem Trotz verknorrt und verwurzelt aus der Erde aufragte, als müsse es gegen tausend Widerstände sich vielmals winden und kämpfend wiederholen, bis es sich am Dasein erhielt.

An meiner Gemeinde erlebte ich vorläufig lauter Wohlgefallen und schrieb das zutunliche Wesen meiner Wildendorner unserer Umgänglichkeit – in erster Linie meinem Frauchen – zu. Die leichtblütige Rheinländerart half mir, schnell bekannt zu werden.

Ich ahnte nicht, daß meine Leute auch der Ehrgeiz trieb, vor den Nachbardörfern und ihrem Neid den Tatbeweis zu bringen, mit Wildendorn sei doch auszukommen. Wie Schüler, die ein reines Schreibheft angefangen, hüteten sie sich vor dem ersten Tintenfleck.

Denn der Ruf der Wildendorner war schlecht. Sie seien Dickköpfe, sagte der Metzger von Hasselbach, der uns in seinem Kälberchaischen bis zur Kreisstadt mitnahm, wo wir unsere gebührenden Antrittsbesuche machten. Der Dekan wurde noch deutlicher, trotzdem er den Zeigefinger nicht so lang aufrichten konnte wie der Metzger seinen Peitschenstiel. Er gab mir als zweiten guten Rat mit, wovon ich »nur ja die Finger lassen« solle.

Mein Vorgänger war verkannt und voll Herzeleid von Wildendorn geschieden. Es wurde sogar behauptet, daß der Fuhrmann Hanphilipp dem Pfarrerswagen bei der Struht einen Stein nachwarf. Pfarrer Salz war ein Mann aus der alten Schule der Rechtgläubigkeit und nicht wurmstichig durch Freigeisterei. Er brauchte vor den Wildendornern nichts im Sack zu behalten wie ein neumodischer Städter. Aber er hatte sich nicht auf Menschenbehandlung verstanden, wenigstens nicht wildendornisch. Er war ein »Ausländer« aus Westfalen. Seine persönliche Neigung zur Zurückgezogenheit wurde verstärkt durch den Tod seines einzigen Kindes. Bei den Besten unter meinen Leuten bin ich später der sicheren Meinung begegnet, daß Salz ein äußerst treuer Mann war, der sich viel Mühe antat, an den Armen und Kranken zumal. Aber er konnte sich nicht selber empfehlen und beliebt machen. Er erreichte mit seinem Ernst nicht, was mir als Zugabe in den Schoß fiel. So lebte er sich mit Wildendorn auseinander, weil er meinen Leuten in der Schwerblütigkeit zu ähnlich war. Seine vergrämte und eingeschüchterte Abgeschlossenheit wurde ihm als Hochmut ausgelegt, wenn er am Gartentor nicht stehenblieb und den Vorübergehenden nicht »die Ansprache hielt«. Er ging ins Haus, statt ihnen in kleiner Münze eine billige Redensart zu spendieren: »Schön Wetter heut!« Oder: »Wollt ihr Brüh (Jauche) fahren?« Verärgert zankte er auf der Kanzel die Gemeinde aus – die er so wenig kannte, wie sie ihn – und hatte zuletzt, wie die leeren Kirchbänke auswiesen, keinen Boden mehr im Dorf.

In der Nische der Pfarrhaustreppe stand, von eiliger Hand hingekritzelt: »Morgen ist Sonntag, da kannst du wieder schimpfen!« Ich wehrte, daß die Handschrift Wildendorns übertüncht wurde. Die Mahnung war nicht überflüssig für mich in meiner jungen Pfarrherrlichkeit, da ein kleiner Weltverbesserer und Gernegroß sich in mir regte.

Zwischen meinem Vorgänger und Wildendorn war der offene Kriegszustand ausgebrochen wegen der Einführung des neuen Gesangbuchs. Er ging zu »profersch« vor bei der Abschaffung des alten Gesangbuchs, das neben der Bibel auf einem Schaft stand. Die Wildendorner ließen sich nicht mit Gewalt neumodisch machen. Nun war`s Ehrensache für sie, einen noch härteren Dickschädel hinzuhalten als der Westfälinger.

Seitdem gestaltete sich der gottesdienstliche Gemeindegesang aus zum Sängerkrieg. Außer dem alten und neuen Gesangbuch war auch noch als Übergang das preußische Militärgesangbüchlein eingeführt worden. So sangen die Wildendorner aus drei verschiedenen Büchern.

Es war ein Bild! Jeder hielt sein Buch in den Fäusten und suchte seinem Text zum Sieg zu verhelfen. Es gab hochrote Köpfe, aber nicht vor Andacht und glich einer Rauferei.

Diesen unerträglichen Zustand trug ich dem Dekan vor und glaubte seines Lobs gewiß zu sein, wenn ich meinen Eifer einsetzte, bald wieder Einheitlichkeit zu schaffen. Aber der Dekan tadelte mich: »Da lassen Sie ganz die Finger davon!«

»Quieta non movere« war seine Regierungsweisheit. Ich sollte das Ruhende ruhen lassen. Er machte kein Hehl mehr daraus, daß er die Wildendorner für unbelehrbare Querköpfe hielt. Sie ließen sich nicht einmal von ihrem Dekan etwas sagen. Entrüstet fuhr er auf:

»Sie bleiben sogar beim Altardienst sitzen und behalten in der Kirche den Hut auf dem Kopf!«

Das war mir als seltsame Wildendorner Eigentümlichkeit selber sehr aufgefallen. Bei zwei Kirchenvisitationen hatte der Dekan als amtlicher Vertreter des Kirchenregiments ihnen ins Gewissen geredet, sich in Gottes Haus nach Brauch und Anstand zu benehmen.

Aber die Wildendorner blieben sitzen, als hätten sie Pech an den Hosen. Und den Hut lüfteten sie nicht, als fiele ihnen gleichzeitig der Kopf vom Gestell. – Sie legten das dekanatliche »Ruhendes nicht zu bewegen« auf ihre besondere Weise aus und ließen sich nicht davon abbringen.

Auf der Viehweide lagen die runden Basaltsteine haufenweise herum, so hart, daß der Schlägel daran zerbrach. Die Rundsteine hießen die »Wilden«. Daher stammte der Name Wildendorn. Und daraus hatte der Herrgott ihnen die Dickschädel gemacht.

Der Dekan sah mich vorwurfsvoll an: »Sie sind viel zu jung für die da oben!«

Ich tröstete mich damit, daß der Fehler meiner Jugend von Tag zu Tag kleiner werde.

Mein Lehrer aber, der selber ein bedächtiger Mann war, strich den buschigen Schnurrbart aus den Mundwinkeln und riet mir zu, es trotzdem mit sänftlichem Zureden zu versuchen. Kirchenregimentlich konnte man freilich bei den Wildendornern nicht ankommen.

»Neue Besen kehren gut!« Jetzt sei die Zeit, weil noch niemand mir aufsässig war. Dabei erfuhr ich auch, daß bisher keiner an meiner Predigt Anstoß nahm. Sie merkten wohl einen Unterschied: »Er bringt`s anders vor«. Aber so war es ihnen »verständerlich«.

Und die Stimme des Neuen! Die Stimm` und der »Auswurf«, womit sie meine lebhaften Gebärden meinten, wenn ich mich sonntäglich vor ihnen in Schweiß schaffte.

Juls Kurzer erzählte allen, die es hören wollten, was nach der Beerdigung seiner Altmutter der Neid seiner Freundschaft aus Drieruff geurteilt hatte. Man hatte ihm ein Tauschgeschäft vorgeschlagen: »Gebt uns euren Pärrner, dann kriegt ihr unsre zwei dafür!«

Den Wildendornern ging das sänftlich ein. Sie konnten einen Schreihals brauchen.

So faßt ich mir ein Herz. Nach dem Amen stellte ich meinen Wildendornern den Sängerkrieg samt der dickschädelichen Ehrensache als leicht und eigentlich schon abgetan hin. Ich war mitnichten ein Feind des alten Gesangbuchs. Darum war der Kriegszustand von selber beendigt. Mein Zureden galt nicht sowohl der Einführung des neumodischen Buchs; meinetwegen durften die Wildendorner bis an ihr Lebensende aus dem alten singen. Aber das alte wurde nicht mehr gedruckt. Das war nun einmal fürs ganze Land beschlossen.

»Wir sind beide nicht gefragt worden, ihr und ich nicht! Aber wir haben nun die Uneinigkeit unter Vaterunser und Gottes Wort!«

Wem konnte das wohlgefallen? Ich bat als Unbeteiligter und hielt dringend an wie das kananäische Weiblein vor dem Herrn Jesus in meinem Sonntagstext. Ich sei erschrocken, als ich den Wildendorner Kirchengesang zuerst vernahm. Wenn einer von auswärts dazu käme, was sollte der von Wildendorn denken, wenn nicht einmal Einstimmigkeit beim Gesang von Gottesliedern sei?

Damit lenkte ich das Augenmerk meiner Leute und ihr Ehrgefühl ab nach einer andern Richtung und machte ihnen das neue Gesangbuch mundgerecht.

Die Wildendorner hatten sogar noch einen Vorteil dabei und kauften billiger und leichter als die Nachbardörfer, die um jedes Buch in die Kreisstadt laufen mußten. Wir errichteten eine Gesangbuchniederlage in der Schule und hatten überraschenden Erfolg. Der Sängerkrieg war zu Ende.

Mein Lehrer schmunzelte: »Herr Pfarrer, nun loben Sie aber Ihre Leute«. Das tat ich frohen Herzens und bedankte mich, als sei mir zugleich ein großer Gefallen getan. Auf den Nachbardörfern lautete mein Lobspruch: Ihr Wildendorner, ihr habt euch selbst bezwungen!«

Die Mitteilung an den Dekan, daß ich nicht »die Finger davon gelassen«, trug mir einen Nasenstüber ein, daß künftig amtliche Berichte auf vorschriftsmäßig gebrochenem Aktenbogen und im Dienstumschlag einzureichen seien.

Ich aber ging nicht mehr im Dorf auf den Zehenspitzen. Den Wildendornern auch den Hosenboden und den Hut zu lüften, wagte ich nicht.

»Mathias, werde nicht übermütig!«

Mein Lob war den Leuten wie ein süßes Kinderbreilein eingegangen. Als ich beim Schneiderbienes das siebente Kind taufte, wollten sie nochmals wegen ihrer Nachgiebigkeit gestreichelt werden und aus meinem Munde hören, daß sie besser seien als ihr Ruf.

Lachend frug ich zurück, ob sie auch ihre Sondergerechtsame aufs Sitzenbleiben aufgäben. So hoch vermaß ich mich nicht, einen Wagen herumzuheben, auf dem die ganze Gemeinde Wildendorn saß.

»Versucht`s mal!« munterte mich ein Wildbart aus blauem Rauchgewölk an.

Sie hätten`s dem Herrn Dekan schon zweimal abgeschlagen, warf ich bedenklich ein.

»Der is nit unser Pärrner!«

Es war eine Wildendorner Gemeindeangelegenheit, in die sich ein Fremdling nicht einzumischen hatte. Das mußten sie unter sich ausmachen.

Ich weiß nicht, was rascher trieb wie junger Wuchs nach

einem warmen Regen, der neue Wildendorner Ehrgeiz oder meine Unternehmungslust. Es war wie in einer jungen Ehe zwischen der Gemeinde und mir, in der dem weiblichen Teil – das war ich – leichter ein Gefallen geschah.

Noch etwas kam zu Hilfe. Die Wildendorner konnten heuer mit bestem Willen nicht über die Ernte klagen. Sie konnten nicht einmal, wenn die Kartoffeln dick wie Kindsköpfe geraten waren, sich beschweren, es mangelten die kleinen für die Säu. Das Jahr trug reichen Segen und gab mit vollen Händen.

So nahm ich meine Stunde wahr wie ein listiges Weib, wenn der Mann sich rundherum »die Kietz geflickt« hat, wie es die Wildendorner heißen, sooft wie sich »regelmäßig« satt gegessen haben. Ich sah mich am Erntefest vom hohen Ausguck um und fragte vor allen Leuten, ob hier dankbare Herzen willig wären, einen alten Übelstand abzustellen. Ich wüßte eine Gelegenheit und bat zutraulich um Gehör.

Wie wohl das Sitzenbleiben bei Gebet und Gottes Wort entgegen der Schrift – wie ich weislich einschob – in Wildendorn aufgekommen sei? Das rühre wohl noch her aus den alten, knappen Zeiten, wo noch kein Ofen in der Kirche war und die Altvordern kalt saßen wie winters die Hühner auf der Stange. Dann den angewärmten Platz freigeben, bedeutete Erkältungsgefahr. Wer seinen Platz notdürftig auf der kalten Bank sich vorgewärmt hatte, stand ungern auf. Aus dem gleichen Grund behielt er auch die Kappe auf dem Kopf.

»Es heißt ja: Gott siehet das Herz an«.

Aber jetzt waren doch keine Hungerleiderzeiten mehr, und gar in diesem Jahr! Und ein großer breiter Ofen stand winters mit feurigen Backen in der Kirche und machte für alle eine warme Stube. Wer denn jetzt noch wie in alten Zeiten am Bach Wasser holte, wo die Wildendorner in jedem Haus Wasserleitung hatten! Der würde seltsam angeschaut werden. So sei es auch mit dem Recht zum Sitzenbleiben.

Zum Schluß: Nur die ein körperliches Gebrechen hätten

oder die Wöchnerinnen beim ersten Kirchgang sollten unbeanstandet künftig sitzen bleiben. Und von den Männern sollten diejenigen gleich den Frauen – wie der Apostel sagte – das Haupt bedeckt halten, die an Kopfgicht litten.

Aus solchen anschaulichen Einzelheiten, damit ich meine Bitte bunt ausstaffierte, merkte das versammelte Volk nicht den verkappten Schelm heraus. Vor solchem Verdacht behütete mich mein Amt. Sie nahmen alles mit tiefem Ernst auf und erwogen, ob sie ihr altes Gewohnheitsrecht aufgäben. Recht und Herkommen waren aber wie Weg und Pfad, ohne die sie in der Luft zu gehen meinten.

Schon unterm Segen nahm ich wahr, wie der Bürgermeister Stoffels Hanjer das Winterbach abnahm und sein strackhäriges Haupthaar entblößte. Er gab das Vorbild, dem die ganze Männerbühne folgte.

Noch auf dem Friedhof schrie mich Urschels Krischer, der eine Stimme um alle vier Ecken herum hatte, an, daß die neue Dorfmeinung fertig sei:

»Pärrner, es bleibt keiner mehr sitzen!«

Niemand unter den Männern wollte mit einer Kindbetterin verwechselt werden. Hinterher merkten sie doch etwas, nahmen aber solche, meiner Bitte untermischte Schläue dem Pärrner nicht übel, schätzten sie vielmehr als Geistesverwandtschaft. Denn die Wildendorner waren helle Köpfe und galten auf dem ganzen Wald dafür, daß einer von ihnen zwei Juden beim Handel aufwiege.

Wie ich meine Leute abermals lobte, als sie bieder aufstanden! Das tat mir selber wohl.

Auf vorschriftsmäßigem Aktenbogen berichtete ich dem Dekan meine neue Eigenmächtigkeit. Ich schrieb links oben nicht: Betr. Den endlich geglückten Hosenlupf, sondern: Abstellung eines kirchlichen Ärgernisses. Ich wußte aber im voraus, daß ich keine amtliche Rückäußerung empfing, weder schriftlich noch mündlich. Beides behielt der Dekan ganz hinten im Sack.

So ließ sich meine Ehe mit den Wilden auf der hohen

Dornheide erquicklich an trotz der üblen Vorhersagen. Die angekündigten harten Tritte der Glaubensprüfer, die nächtlicherweile auf der Pfarrhaustreppe ertönen sollten wie das jüngste Gericht, blieben aus. Nur der Pfuhls Hanjer stellte mich auf der Straße, ohne mit dem Kopfschütteln innezuhalten und tippte mir spitz auf die Brust: »Hier is ein Vogelbauer. Laßt das Vögelchen recht singen!« Dabei spitzte der Alte den welken Mund und pfiff zwischen den letzten gelben Zähnen hindurch.

Während ihm der Kopf wackelte, als wolle er von den Schultern fortspringen, ging der Pfuhls Hanjer gewichtig davon, weil er einen himmlischen Auftrag ausgerichtet hatte.

5. Wenn der Höllkopf sein Pfeifchen raucht.

Ich kann nicht vergessen, wie der Umschwung geschah, der mich wie eine schleichende Krankheit überkam.

Zum Geburtstag der Mutter fuhr ich nach Haus. Wir saßen alle beisammen um den runden Eichentisch, vor dem wir als Kinder zuerst die Nasen hoben. Der Tisch war die erste Hochebene, darüber ich hinäugte. So tat ich jetzt bei meiner hohen Heide, wenn ich nach den Überwindlinger Schutztannen ausschaute, die wie ein dunkler Wollfaden am Himmelsrand lagen.

Ich erzählte wie ein Weltreisender unerhörte Dinge. Im Stadtgedränge der Mauern und Menschen merkte ich, daß ich ein Hinterwäldler geworden war. Ich konnte meine Blicke nicht mehr wie Vögel über das Meer der Eindrücke hinfliegen lassen und auslesen, was ich festhalten wollte. Ich rannte überall an. Mir erging's wie bei der Herfahrt dem Hosenknirps auf dem Schoß seiner Mutter, der bei allen vorbei huschenden Häusern wissen wollte, wer darin wohne. Die Mutter mußte ihm unaufhörlich Namen von Bekannten nennen, bis sie keine mehr wußte und der Knirps unter der Gewalt der Masseneindrücke in Tränen ausbrach. So war auch ich übermüdet, wie früher vom Besuch einer Bildergalerie, aus der Stadt heimgekehrt. Als die Kindermasse aus der Volksschule drängte, meinte ich, die Pflastersteine verwandelten sich in Kinderköpfe, die vor mir sprangen und schrien.

Ich erzählte, was der Kuhhirte Hannes von seiner einzigen Reise nach Frankfurt berichtete. Er schrie »auf der Zeil« die Leute an, sie sollten ihm aus dem Weg gehen und erregte einen Menschenauflauf.

»So wirst du auch. Du bist schon verbauert!« Urteilte die Mutter. Die Schwester schickte mich zum Barbier, damit ich mir meine Schmalzlocken abwerfen lasse. Mein Herr »Nachfolger«, der Hilfsprediger an meiner Statt, besah mich von oben bis unten und fragte herablassend, ob ich mir einen Prophetenbart züchtete.

Ich kam schon ziemlich kleinlaut zurück ins Hochland und geriet unvermittelt aus dem Altweibersommer, der noch im Rheintal sein Seidenhaar fliegen ließ, in den Westerwälder Vorwinter. Durch die Brille des Kulturmenschen zog ich bei allem, was mir begegnete, Vergleiche, die zu ungunsten meiner neuen Heimat ausfielen. Wie armselig die einstöckigen, höchstens zweistöckigen Häuschen mit den langen braunen Strohdächern hinten auf dem Mist saßen! Keine Mietspaläste, kein reinlicher Bürgersteig, sondern knöcheltiefer Schmutz! Nirgend ein Mensch unterwegs, nur Rabengekrächze, das aufstob von den Ebereschen und mich mit schwarzem Geflatter begleitete: Wo bist du hingeraten?

Die hochzeitliche Sommerfrische war vorüber; jetzt erst lernte ich das Ödland kennen!

Vom Höllkopf her trieben starke Winde dunkle Wolken wie eine Kuhherde mit hängenden Bäuchen herzu. Mit waagrechtem Besenstrich kehrte mich eiskalter Regen ab und durchnäßte meine vorwärtsstrebenden Knie. Die »Wäller Luft« pfiff mir um die Ohren. Bei der Heidemauer im Angesicht von Wildendorn schrillten die Schutztannen mich an und tätschelten mir, als ich den Hut abnahm, rauhbärtig auf dem Kopf herum. Ich sah nach dem Dörflein, das sich samt dem dicken Kirchturm in ungeschminkter Demut in sein Schicksal ergab und in eine Bodenfalte duckte.

Schadenfroh stellte ich fest, ein Städter und Fremdling zu sein; eine verkannte Größe, die aus Überspanntheit sich in eine Welt gefangen setzen ließ, die mit nassen Wolkensäcken verbaut war.

Mir war recht geschehn. Ich konnt es besser haben. In der kurzen Frist meiner Abwesenheit hatte der Wald seine bunte Mummerei fahren lassen. Die splitternackte Wirklichkeit spreizte die leeren Äste. Die bettelarme Welt ließ wie ein Büßer das Sommergewand fallen.

Alle unvergebenen Sünden zählte ich dem Dörflein auf:

Die Weltreise bis zur Bahnstation! Sechshundert Meter hoch über dem Meeresspiegel, eine Rennbahn für Wolken und des Nachtjägers Windhunde! Heute nahm ich überall berechtigten Anstoß: an jedem windschiefen Zaun, an meinen Leuten, die zerschlissen wie Landstreicher vom Haus zum Stall gingen; an der Jauche, die wie Tabaksuder über den Weg lief.

Herrenleute aus der Stadt, wie die Wildendorner sagten, konnten hier keinen anständigen Aufenthalt finden. Das einzige, worauf ich mich freute, war Frauchens frohes Gesicht. Die Hausschelle schrillte unter der zerrenden Hand eines Flüchtlings. Hundegekläff antwortete drinnen. Leichtfüßige Schritte huschten die Treppe herab. Warme Hände faßten mich an und zogen mich herein in die letzte Zuflucht. Weiche Arme umschlangen meinen Hals: Endlich! Endlich!

Ich mußte mich ausschälen bis auf die Haut.

Für wenige Tage war dann der graue Spuk durch die Freude des Wiedersehens gebannt, dann aber fand er wieder seine Gelegenheit, weil er mehr zu bestellen hatte, als ich ahnte.

Um mich völlig in die Unzufriedenheit zu verstoßen, brachte mir die Post einen Brief, in dem mir in der Nachbarschaft Wiesbadens eine Pfarrstelle am Rhein angetragen wurde. – Ich konnte mich aber nicht zur Wahl stellen, weil mir die zur Wählbarkeit erforderlichen drei Dienstjahre fehlten.

Seitdem hatte es ein törichter Mensch, namens Mathias Hirsekorn, schriftlich, daß er zu schade sei für den Westerwald.

Es war Absicht dabei, daß gleichzeitig die Wildnatur draußen die letzte Rücksicht fahren ließ gegen einen hochgeborenen Stadtherrn. Sie benahm sich so »schroh«, wie die Wildendorner selber sagten, als wäre sie für sich allein und behandelte den Menschen nicht als Hauptperson, sondern als lästiges Zubehör wie die Raben. Das Zeichen ging von dem Höllkopf aus, der gleichsam das Hauptquartier aller Schrohheit war. Dort wurde angeordnet, daß mir der standesgemäße Aufenthalt völlig unmöglich gemacht werde.

Der Höllkopf war ein Basaltkopf mit etlichen windzerzausten Fichten als Rabenfedern hinter dem Ohr. Auf dem

Höllkopf saß der Wettermacher für die Hohe Heide. Wenn er morgens sein Pfeifchen rauchte, war`s ein so übles Kraut, daß bis mittags die ganze Himmelsstube schwarz war, ganz anders noch als meine Studierstube.

Der Kuhhirt Hannes hatte mich vorbereitet. Er stand hinter den Schutztannen, auf sein drittes Bein, den Hirtenstab gestützt, und hütete den Rest seiner Herde auf der Kälberweide vorm Eintrieb in den Winterstall. Der Hannes wies durch die Windlücke in der Tannenmauer auf den Höllkopf, den er untertänig Nachbars Großer hieß und als Gebieter des Landes anerkannte.

Wortkarg kam`s aus dem verwurzelten Bart: »Der hat auch (etwas) zu bestellen!«

Andern Tags erfuhr ich, was es heißt, mitten unter Wolken zu hocken, in dem atemanhaltenden, grauen Gemummel, das jeden Ton erstickte. Ich konnte mit dem Tag, der kaum ein Auge offen hatte, nichts anfangen, redete auf der Stube mit meinen vier Wänden und wußte nicht, wohin mit meinesgleichen.

Über Nacht rasselte ein großes Wüsten über alle Schiefersteine an der Wetterseite. Bei Tagesanbruch hatte es sein Werk vollendet und überall tiefe Schneelasten abgeladen. Der Winter war eingezogen und wandelte das Angesicht der Erde.

Es war noch Oktober im Kalender. Ringsum breitete sich ein Totenfeld von ungeheurer Leere aus. Ich stand am Fenster und sah stundenweit nichts als dieselbe einförmige Welt voll unerbittlicher Geschlossenheit. Wollte ich darüber hinweg, stieß mein Blick auf eine unübersteigbare, graue Himmelswand. Noch schlimmer war`s, als unter verzerrten Wolkengebilden ein mächtiges Schaffen anhob, das mir in seiner Zeichensprache unverständlich war. Das Naturhafte, dem ich wie ein Schülerkind auf der Unterstufe hilflos gegenüberstand, betrieb vor meinen Augen ein sinnloses Hantieren, dem der Wind zuheulte, wie ein großer Hund. Eine ungefüge Hand rüttelte an jedem Laden. Der Aufruhr nahm zu. Nachts, wenn ich im Bett aufhorchte, stampften schwere Füße und rollende Lastwagen sich einen Weg über den Dachfirst hinweg, daß das Haus bebte wie ein lebendiges Wesen. Ich lag derweil unter den Rädern und war ohnmächtig preisgegeben, während der wilde Troß seinen Zug hatte ins Unbekannte und mich leer und zerschlagen liegen ließ. Als es aber den luftigen Gewalthabern in den Novemberstürmen gelang, mich aufzugreifen im Traum und mich zu entführen, brachen die Luftgeister in gellendes Hohngelächter aus, weil ich laut aufschrie.

Am Morgen lag unsre Schornsteinplatte weit im Garten. Die Wildendorner hielten sich daran, daß sie dem Unwetter einen bekannten Namen gaben; Woost benannten sie`s. Sie fanden sich damit ab, daß der Woost von alters so seine Gewohnheit hatte. Er hatte es so an sich. Sie suchten Ablenkung, beugten willig den steifnackigen Rücken wie ihre langen Dächer, schlugen die Bibel auf und beteten. Was überstark war, ließen sie sich über den Buckel rutschen.

Aber das vermochte ich nicht, weil mir die Gelassenheit fehlte. Es war nicht nur die Verzärtelung des Stubenhockers und Pflastertreters, daß mir die Ungebändigtheit draußen so viel zu schaffen machte. Es war schon bei mir bestellt, daß ein verborgener Hintersinn es auf mich abgesehen hatte, mir mehr als die Haut mit rauher Bürste zu bearbeiten. Ich lag mit mir selber im Widerstreit, nicht nur mit der Welt und fand draußen mein getreues Abbild.

Nur wußte ich nicht, wo hinaus die Fahrt ging. Ich war mit meiner Pfarrerarbeit nicht hinreichend ausgefüllt. Die Gemeinde war für einen geistlichen Zappelphilipp zu klein.

Die Wildendorner urteilten von alters: Der Pärrner und der Kuhhirt Hannes seien die größten Faulenzer im Dorf.

Das Nächstliegende war: fort, fort von hier! Sie hatten recht in der Kreisstadt, wenn sie mit höhnischem Grinsen das Maul zum Ohr zogen: Dort oben gehörten keine Menschen zu wohnen. Die Polizei müßte es verbieten!

In meiner Studierstube legte ich stundenweite Wege zurück, vom Fenster zur Tür, von der Tür zum Fenster und kehrte immer bei demselben splittrigen Astloch um, ohne klüger zu sein als zuvor. Ich war eingesperrt und widerredete mit einem Mitgefangenen, den ich nicht kannte, von dem ich nicht einmal wußte, ob er anwesend war. Bald war ich auf der Flucht und wußte nicht vor wem. Vor dem Unhold fühlte ich mich selbst in den mannsdicken Mauern meines Pfarrhauses nicht geborgen.

Mein Augentrost und einziger Anhalt war mein Frauchen. Aber sie durfte ich nicht über Gebühr mit mir beschweren. In ihr hatte seit kurzem ein heimliches Singen und Klingen angehoben, auf das sie unaufhaltsam hören mußte, weil es stärker war als der Woost. Ihr war eine hohe Pforte aufgetan in eine neue Welt, in der nur Mütter Zutritt hatten. Ich weiß nicht, ob sie, die schon anfangs nicht so angeschmiedet war an die Stadt, sich sonst ebenso heimatlos gefühlt hätte. Aber sie war gerettet vor dem, was mich umtrieb.

Frauchen war auf dem Weg ins Mutterland. Jede Straße führte dorthin. Sie war gewiß, es zu erreichen und war unterwegs allezeit beschäftigt mit zart gewebten Einzelheiten in den Händen.

Mit ihr konnte ich als störriger Mann nur jeweils ein Viertelstündchen Schritt halten. Ihr Mutterland, das doch gleichzeitig mein Vaterland sein sollte, lag für mich noch unfaßlich hinter den Wolken. Frauchen aber hatte viel nachzuholen und zu lernen, was an ihr versäumt worden war. Das nahm sie aus einem Buch und saß mit hochroten Wangen und hatte blinkende Augen, wenn sie über Mutterschaft und Säuglingspflege sich unterrichten ließ.

Wissen, das für junge Mädchen und Bräute Vorwitz und gegen herkömmliche gute Sitte war.

Vor solchem Hellsingen aus meines jungen Weibes Wesen wähnte ich mich durch des Mannes Trotz genötigt, alles allein auszumachen mit mir und meinem Widerpart. Gleichwie mich bisher die Stadt bis in Denken und Fühlen hinein verstädtert hatte, wollte mich jetzt die Wildnatur verschlingen. Da ich mich wehrte, fuhr sie mir mit Krallen ins Gesicht, packte mich hinterrücks am Rock, schnappte mir nach den Fersen wie ein Wolf und wollte mit ihrem Raub ihr Spiel treiben wie mit dem Rauch auf dem Schornstein.

Die Wildendorner waren schon von der Wildheit gefressen und keine Beute mehr. Denn sie waren wiedergekäut und ausgespien als Wilde. Hohnvoll sah ich`s voraus, daß es mir ebenso erging. Ich musterte mich schon danach um und bezähmte, wenn ich allein war, meine natürlichen Gewohnheiten nicht mehr. Nach Jahr und Tag war auch ich des Taschentuchs entwöhnt und schnäuzte mich wie die Wildendorner zwischen Daumen und Zeigefinger.

Ich malte meine Rückkehr in den Urzustand wollüstig aus. Stoffels Mine hatte bei unserm Antrittsbesuch mir ein Mundtuch hingelegt und nicht dem Bürgermeister, weil der »nit so säuisch« sei.

Recht so! »Und du, lieber Schatz, bekommst von mir als Weihnachtsgeschenk einen solch feinen, wattierten Stepprock, der faßartig um dich steht wie um die Eheweiber hierzuland«.

»Pfui, du bist ein Ekel!«

Aber mein Galgenhumor war auf freier Fahrt: »Und wenn die Pfarrhäusler von Hasselbach bei uns Kaffee trinken, kannst du die Tasse abputzen wie Krischers Jane«.

Das war zuviel. Mein Weiblein erhob sich, reckte sich auf den Fußspitzen und verließ den Kaffeetisch, nachdem sie mich von Kopf bis zu Fuß mit den Augen gemessen.

Denn Krischers Jane hatte meinem Frauchen zu Ehren deren Tasse nachgescheuert mit Hilfe ihres Prachtkleidungsstückes. Und Amalie saß da wie erschlagen und konnte keinen Schluck trinken. Von ihrem flehenden Blick beschworen, hatte ich ihre Tasse mit der meinigen vertauscht unter dem Vorgeben, Frauen trinke nur Milch.

Damals hatten Amalie und ich uns noch nicht eingeschaukelt. Meine Ungebärdigkeit verletzte ihr frauliches Zartgefühl. Als ich aber Abbitte tat und dabei mehr von mir offenbarte, riet sie mir zu, Zuflucht zu suchen in der Welt meiner Bücher.

Das tat ich mit Eifer und baute mir aus den Büchern eine Barrikade wie unser Professor im Hebräischen es auf dem Katheder tat, wenn er ein Schläfchen halten wollte. Aber hier wie dort reizte das den Störenfried. Zeitlich gelang es mir, mich in der Bücherwelt zu erholen und meine Pfeife trotz dem Höllkopf zu rauchen. Aber Nachbars Großer war hartnäckiger als ich. Dann kamen Tage, an denen die Scheiben klirrten und das unaufhörliche Heulen des Windes mich fiebern machte vor Unruhe.

Die Buchstabenwelt mit ihrer Stadtweisheit sicherte mich nicht auf die Dauer wie den Dachs im Bau. Ich konnte zuzeiten keine Seite behalten.

Schon stand auf jedem Blatt die klare Frage: Was geht mit dir vor? Mit Lesen konnte ich die Entscheidung nur mühsam hinausschieben. Ich befand mich in einer geistigen Krisis, welche die von mir verachtete Wildnatur unnachsichtlich betrieb, bis ich unter Schmerzen anfing, in der schrankenlosen Wahrhaftigkeit der Heide die Ehrfurcht zu grüßen.

6. Im Schneesturm.

Der Woost hatte sich hinter den Höllkopf auf die Lauer gelegt und verstellte sich, als sei er eingeschlafen.

Da gab mir mein argloses Frauchen abermals einen Rat, während ihr lustiges Ringellöckchen am Ohr wackelte. Ich solle mir eine Männerfreundschaft suchen. Sie verwies mich an den Hasselbächer Luis, der eine Stunde Wegs weit auf einem niedereren Stockwerk der Heide wohnte.

Frauchen hatte den Hasselbächer richtig erkannt. Er hatte auf seinem Gesicht eine unsichtbare Tafel: Hier kann Schutt abgeladen werden.

Als geschworener Menschenfreund fiel der Hasselbächer wie die Katze immer wieder auf die Beine, sooft er aus allen Himmeln geworfen wurde.

Auch zu meinem Herzen hatte der Hasselbächer den Weg schon bald gefunden. Wir hatten ihn im Sommer öfter besucht und in seinem parkähnlichen Garten gesessen. Die Weiblichkeit wandelte in Sonderangelegenheiten. Ich lernte Land und Leute kennen aus seinem Mund. Dabei gaben wir uns einer bescheidenen Lebensfreude hin und tranken ein Glas von des Hasselbächers selbstgemachten Stachelbeerwein. Auch Frauchen hatte sich danach in der Kunst der Weinmacherei versucht und Ängste ausgestanden ums Gelingen, die uns Gelegenheit gaben, in die grüne Welt hinaus zu lachen.

Das war abwechselnd Lustspiel und Drama gewesen. Das Fäßchen mit dem vielversprechenden Inhalt stand in unsrer kalten Küche bei dem vorgewölbten Kamindach, der »Oos« oder Esse, wie die Wildendorner den für Wurst- und Schinken eingerichteten Rauchfang hießen. Das Kennzeichen der beginnenden Weingärung war, daß aus dem Spundloch ein sanftes Glucksen aufstieg: was bei wohlerzogenen Menschen, nicht aber bei den Wildendornern, ein unanständiges Geräusch war.

Erster Akt: Das glucksende Weinfaß und die glückliche Hausfrau. Darauf folgte der zweite: Das nicht glucksende Weinfaß und die unglückliche Hausfrau. Furcht, daß bei unserm schmalen Einkommen Zucker und Beeren unnütz vertan seien. Ich weiß nicht, wie viele Akte das Stück hatte, und wie oft Amalie, froh oder traurig, mit dem Stichwort: »Es gluckst!« oder »Es gluckst wieder nicht!« zur Studierstube hereinkam. Frauchen traut sich wenig zu, hatte aber zuletzt dem Fäßlein eingeheizt und ihm liebevoll das Glucksen beigebracht.

Dann wußte der Hasselbächer von schnurriger Menschlichkeit viel zu erzählen. Von geschichtlichen Beziehungen zwischen der geistlichen Nachbarschaft von Hasselbach und Wildendorn berichtete er ein artiges Stücklein. Der Hasselbächer hatte einen Küster, einen weißhaarigen, würdigen Alten, der als sein Gewohnheitsrecht festhielt, daß die halbe Stunde vor der Predigt ihm zustehe, damit er mit dem Pfarrer die Dorfchronik der Woche durchspreche. Er kam dem Pfarrer manchmal quer. Aber es war keine Möglichkeit, den Alten zu kränken. Sein Pfarrer studierte doch nicht in der letzten halben Stunde seine Predigt? Wenn der Küster am Wochenende Sonntag einläutete, lauteten die Glocken für den Pfarrer: »Sitzt die Predigt? Sitzt die Predigt?«

Der Alte nahm`s nicht übel, daß der Pfarrer eine ganze Weile schwieg, wenn beiden nichts mehr einfiel, und sie, am Fenster stehend, ins Nachsinnen kamen. Dann machte sich der Hasselbächer öfter den Spaß, klopfte am Wetterglas und mutmaßte: »Ich glaube, das Wetter ändert sich«.

Stets hatte er bei dem Alten auf einen geheimen Knopf gedrückt und brachte die gleiche Erinnerung bei ihm zum Klingen.

»So sagt` der alt` Westerburg!« Dann kam die Erklärung für den »jungen« Pfarrer, wer der alt` Westerburg war, nämlich ein Wildendorner Pfarrer aus der alten Welt. Und warum der die Predigt tat zu Hasselbach? Nämlich, weil dazumal der Pfarrer Dörr verreist war. Und warum der verreist war und wohin? Dann erst kam der Alte wieder auf den Weg, seine Geschichte fortzusetzen.

Der alt' Westerburg mußte in seiner Predigt einhalten, weil er die Gebrechen des Alters spürte, das von ihm verlangte, zwischendurch einmal hinauszugehen vor die Kirchentür. Als er wiederkam und auf die Kanzel gestiegen war, da sagt der alt' Westerburg: »Ihr Leute, das Wetter ändert sich, wir können noch ein wenig weiterpredigen«. Und fuhr fort, seinen Text auszulegen, ohne daß jemand an der Unterbrechung Anstoß nahm oder sich in seiner Andacht gestört fühlte.

Im gemeinsamen Lachen waren wir uns nahegekommen. Der Hasselbächer hatte besondere Augen im Kopf, zu sehen, wo andre blind vorbeiliefen.

So freute ich mich über Amaliens Rat und hatte Lust auf den Besuch, um einmal meinen lustigen Nachbarsbruder im Ernst zu erproben. Noch höher freute sich Spitz Zottelohr. Er war beinahe Gedankenleser. So scharfäugig konnte kein Mensch an den leisesten Anzeichen merken, wenn ich ausgehen wollte. Ich konnte ihn überall hin mitnehmen, sogar zu Krankenbesuchen. Dann betrug er sich musterhaft und ließ sogar die Hauskatze in Ruh'. Zog ich aber meinen Talar an, dann machte er einen schiefen Kopf und schlich in seine Ecke. Einmal war er mir mit allen Anzeichen bösen Gewissens nachgeschlichen über die Kirchenschwelle und hatte es hinterher heulend bereut.

Spitz Zottelohr ging gar zu gern spazieren. Sagte ich dann: »Der Spitz bleibt hier!«, zog er den Schwanz ein und trauerte mit allen Gliedern. Hieß es aber: »Der Spitz darf mitgehn!«, sprang er hoch und lachte laut.

»Lüfte dich gut aus!« hatte mir Amalie nachgerufen. Sie begleitete mich zwischen den hohen Schneemauern bis zum Armenhaus, um der Säulies ihre Aufwartung zu machen. Die Säulies war die abgedankte Schweinehirtin und lag krank.

Die tiefverschneite Heide brach wie eine Eisscholle ab an der satten Himmelsbläue. Unbändig grell sprühte der Sonnenglanz von der Schneedecke auf und bestürmte meine Augen mit der übermütigen Lichtfülle, die ich nur in kleinen Schlücken mit halb geschlossenen Lidern trinken konnte. Die verknorrten Ebereschen trugen wie verwundete Krieger einen einseitigen Watteverband. Es war ein mühsames Wandern. Weil ich mich aber durchschaffen mußte, erleichterte ich mein Gemüt und neckte mich mit Spitz Zottelohr.

Die Hasselbächer freuen sich meiner, als sei ihnen ein Geschenk gemacht worden. Nach dem Kaffee zogen wir Männer uns allgemach in die Studierstube und zum Berg Horeb zurück. So hieß der eiserne Kastenofen, der unten Feuer spie und oben die Opferung Isaaks zur Schau stellte. In der Ofenplatte war mit mittelalterlicher Naivität der biblische Vorgang eingegossen. Vater Abraham wollte eben die gezückte Räuberpistole auf das Isaaklein abdrücken. Aber ein rettendes Engelbübchen sandte aus den Wolken auf die Mordwaffe einen Wasserstrahl, den es geistesgegenwärtig bei der Hand hatte.

»Schießen Sie los!« munterte mich der Hasselbächer an. Als ich ihm meinen Zustand freimütig bekannte, legte mir mein geistlicher Nachbar die Hand auf den Arm und besah mich mit gütigem Ernst.

»Ich freue mich, daß Ihnen die Westerwälder Rauhbürstigkeit so hart zu schaffen macht!«

Auch der Hasselbächer war vor einem Menschenalter aus der Stadt angekommen und nannte mein Durcheinander eine Mauserung. Er hatte sich gleichfalls im ersten Winter, der mit Hörnern und Zähnen ihn anfiel, nicht so rasch wie sein Kirchengickel umstellen können. Der Woost wollte ihn aus seiner Stadthaut herausblasen. Der Hasselbächer besorgte wie ich, sich selber aufgeben zu müssen.

»Dabei hatte ich mich noch gar nicht gefunden! Ich hielt das aufgelesene und zusammengeborgte Sammelsurium von Meinungen und Angewohnheiten für meine Persönlichkeit. Inwendig war ich noch nicht bei mir. Ich verwechselte mich mit dem, was mir außen auf dem Buckel hing als Huckepack wie den Kietzeleuten beim Hausieren. Darum mußte ich von vorn anfangen und erst auf der untersten Schulbank das Stillsitzen lernen. Ich saß gegenüber einer hohen Wandtafel, darauf eine sichere Hand weite Linien zog, die hinreichten bis in die Unendlichkeit. Endlich verstand ich: »Siehe, hier auf unsrer hohen Heide ist alles unverbildet und echt, ob's lind oder rauh ist. Alles ist bei sich. Jeder Baum sagt: Ich hehle nicht, was ich bin! Und der Woost weht unter den Wolken wie der allmächtige Geist. – Wir aber machen ihn klein mit unserm Geplapper vom lieben Gott-Großvater«.

Des Hasselbächers Brillengläser blitzten. Er wurde heute mein Bruder und gestand mir: Auf der Fuchskaute habe ihn der Sturm gegen die Wetterfichten taumeln lassen. Niemand kam zu Hilfe, aus den Wolken hing die Mondsichel wie ein bluttriefendes Augenlid. Da hieß es:

»Du bist die Stadtlüge! Mach dich fort oder wage zu sein, was du bist, ein Mensch allerwege!«

Mir wurde seltsam zumute, als hörte ich unerhört Neues, das mir doch einfiel wie eine lang vergessene Selbstverständlichkeit.

»Schau, alles was leibt und lebt im Hochland, ist aus der ersten Hand. Es hat wohl seine Nichtigkeit, daß Gott hier oben immer dicht dabei ist. Auch deine Wildendorner, das stachlichte Gewächs, sind wie ihre Wacholderheide aber lauter Originale, ohne es zu wissen«.

Es wurde dämmerig in der Stube, aber der Berg Horeb leuchtete uns. Der Hasselbächer hub an, von meinen Absonderlichen in Wildendorn zu erzählen und kam auf die Säulies, der Amalie heute Kaffee und Kuchen brachte. Während der Vakanz hatte der Hasselbächer die Säulies besucht. Sie hockte auf ihrem Lager, so verzottelt wie ihr Bettstroh. Durch pfarrherrlichen Zuspruch war nichts mehr an ihr zu ändern, aber immerhin war sie jahrelang mit der störrigsten Herde als collega bestialis fertig geworden. Das mußte ihr gutgeschrieben werden.

Zu Ehren des Pfarrerbesuchs hatte sich auch die Bürgermeisterin herzugemacht und der wasserscheue Polizeidiener Hanjörg als Vertreter der Obrigkeit. Und noch etwas Unerwartetes war bestellt worden, das die Säulies bis zu Andachtstränen rührte. Mit Geschrei und einem näselnden Dudelsack kamen Herumzieher ins Dorf. Sie führten ein Kamel, einen Bären und einen Affen mit sich und zogen außerdem ganz Wildendorn hinter sich am unsichtbaren Strick der Schaulust.

Die Säulies wurde ganz aufgeregt. Sie hatte »noch niemals ein wildes Tier gesehen, nur einmal einen alten Esel«. Sie ließ sich zum Fenster schaffen und zitterte wie im Fieber vor Erwartung. Auch Stoffels Mine teilte ihre Aufregung und rief beim Anblick des Kamels: »Ihr Leut! Ach du! Was eine große Geis!« Und immer wieder: »Ach du! Ach duche! Was in Wildendorn der höchste Ausruf der Verwunderung war. Die Säulies aber konnte nur wortlos heulen und gestand auf des Hasselbächers Befragen: »Daß ich das noch erlebt hab?! Da muß ich grad heulen über die Allmacht Gottes!« Der schwarze Hanjörg fühlte sich als weitgereister Mann, der beinahe alle Jahre mit der Eisenbahn fuhr und belehrte die Säulies von oben herab: »Dumm Tier! Was für ein Getu würdest du erst anstellen, wenn du im theologischen Garten von Frankfurt wärst!«

Über den theologischen Garten, der freilich mancherlei Herrgottsraritäten herbergte, lachten wir noch unter der Tür. Der Hasselbächer zögerte, mich ziehen zu lassen und zog die Stirne kraus: »Ich glaube, das Wetter ändert sich!« Der Himmel hatte sich grau überzogen und baute hinter den weißen Giebeln der Nachbarhäuser eine steile Schlucht auf.

Ob ich nicht im Hasselbächer Pfarrhaus zu nächtigen vorzog? Das mochte ich Frauchens wegen nicht. Mir schien schon überflüssig, daß mir mein Gastgeber seine Windlaterne aufnötigte. Eine Stunde Wegs bedeute hierzuland einen Katzensprung.

Kaum hatte ich den steilen Küppel vor Hasselbach, den Lungenschinder, wie ihn mein Herzensbruder nannte, erklommen, als ich dessen Besorgnis mit Schrecken begriff. Jählings überfiel mich der Schneewoost, als habe er mit aufgelauert. Spitz Zottelohr hielt sich dicht an meinen Kniekehlen, die er ab und an mit der Schnauze anrührte, um sich meiner zu vergewissern.

Gegen die Wildgewalt konnte ich nicht anders als seitlings mit der Schulter und mit tief geneigtem Kopf angehen. Die Augen vermochte ich kaum spaltweit offen zu halten. Das Untier Woost heulte voll schauriger Lustigkeit, raffte mit seinen Tatzen Schneestaub auf und warf ihn mir in die Augen. Die Luft zum Atmen wurde zu weißem Gewoge verdichtet, das jeden sichtbaren Anhalt für meine Wegrichtung fortschwemmte. Das Menschlein, das mit eignem Willen vorwärts strebt, ging wie ein Taucher auf dem Meeresboden. Ich fühlte mich von tausend eisigen Fangarmen umschlungen, die mich als ungebührliches Weghindernis niederzuringen trachteten.

Von Schritt zu Schritt steigerte sich die Not. Ich sank bis unter die Arme in eine Schneewehe ein. Mein Windlicht erlosch. Vom Weg erkannte ich keine Spur. Ich kroch auf Händen und Füßen in dem daunenweichen Schneebett, bis ich wieder Boden unter mir spürte. Dabei ging mir die Richtung verloren. Ich wußte nicht mehr, wo Wildendorn und wo Hasselbach lag.

Meine Stimme gegen den Woost zu erheben war vergeblich. Hohngelächter antwortete mir: ich sei das einzige Lebewesen weit und breit. Ich wurde dafür gegeißelt, weil ich mich nicht im Schlupf und Bau hielt, während der Unhold die Welt für sich allein haben sollte.

Mein Eigensinn hatte mich in Lebensgefahr gebracht.

Abermals wich mir der Halt unter den Füßen. Zugleich saß Spitz Zottelohr vor mir und leckte mir die Hände, während er in heller Angst aufheulte. Das Tier spürte unsre Todesnot.

Mir fiel ein, welch grausam letzte Unerbittlichkeit dem Woost nachgesagt wurde im Munde der Leute und daß ich bisher an der Wahrheit ihrer Worte gezweifelt hatte.

Nun sollte ich von meinem Unglauben bekehrt werden. Es war die wörtliche Wahrheit, daß einer, der sich im Schneewoost irrgelaufen hatte, gewärtig sein konnte, daß der Tod ihm begegne und mit ihm spiele wie die Katze mit der Maus. Nirgend fand dann der Verirrte einen Ausweg. Er ging und ging im Kreis herum, bis er entkräftet umsank und der Woost ihn einscharrte.

Mancher wurde aufgefunden, als schon die Raben an ihm waren.

Das Grauen trieb mich auf. Trotzdem ging die Wildnatur, deren Toben mir Hören und Sehen vergehen machte, nicht am ärgsten mit mir um. Vielmehr empörten sich aus meinem eigenen Innern Stimmen gegen mich. Sie klagten mich an, nicht mit der Stimme des Hasselbächers, die voll gütigen Verstehens war. Aber die Stimmen eigneten sich dessen Worte an und verdammten mich. Sie richteten mein falsches Unwesen, das ich hochhielt als mein besseres Ich, während ich ein dummer Bettelstolz war. Nun erfuhr ich und bekannte, daß ich ein Nichts sei. Meine hochbeinige Gelehrsamkeit und verstädterte Hochehrwürdigkeit samt allen andern Heit und Keit befreite mich nicht aus der Gewalt des Unholds.

So sah ich mitten in der eisigen Hölle, den Tod greifbar vor Augen, bevor ich angefangen hatte, mich selber zu leben.

Dies war die schlimmste Stimme, die am ärgsten mir zusetzte. Wenn ich jetzt fortgenommen wurde, starb ich an der Schwelle meines Lebensanfangs. Inmitten der tobenden Besinnungslosigkeit bedrängte mich der Widersinn eines solchen Sterbens. Ich konnte dagegen nur mit Bitten anhalten: »Kannst du so grausam sein und mich jetzt elend umkommen lassen?«

Hintaumelnd stieß ich mit dem Kopf an einen Baum an und umklammerte ihn. Von seiner aufrechten Festigkeit ging ein sicheres Wissen aus, das mir aber nicht tröstlich war, sondern zur messerscharfen Erkenntnis wurde. Der Baum war Zeuge gegen mich und sprach die Wahrheit:

»Ich bin, was ich bin! Aber – was bist du?«

Ich nahm den Hund in meine Arme und bat ihm ab, daß ich mich über ihn erhoben hatte als sein Herr:

»Auch du bist, was du bist!«

Dies alles dachte ich nicht gedankenblaß auf der warmen Studierstube, sondern erlebte es in meiner letzten Not als Wirklichkeit. Mich ergriff es, daß Gott selber, als allen Lebens Leben der allmächtige »Ich bin«, ohne Anfang und ohne Ende sei.

Indem ich mich so für den Allerletzten erkannte und mit Spitz Zottelohr zusammen wärmte im Rachen der fressenden Wildnatur, fand ich mich mit leisem Beginnen in eine große Veränderung hinein. Neue Stimmen wurden in mir hörbar. Ich hatte, wie die Wildendorner sagten, »erkannt und bekannt« und war dadurch bei der Wahrheit selber angekommen. Da gesellte sich zu dem Weltenaufruhr, der jeden Platz einnahm und Mund und Nase mir verstopfen wollte, eine höhere Macht, die in mir Raum schaffte für eine Stille, die an Weite und Tiefe zunahm. Deren Stimme sprach in mir voller Sinn und Wissen: »Du bist mitten in dem allgegenwärtigen »Ich bin', welches das Weltgeheimnis ist. Du bist in Gottes Hand gefallen«.

Im Augenblick wandelte sich meine Lage von Grund aus, obwohl sie, von außen angeschaut, nicht im mindesten sich verbesserte. Vielmehr spürte ich, wie das warme Brünnlein meines Bluts erstarrte in der Umschlingung der Unholdigkeit und zum Herzen wich. Aber in mir schieden sich Leib und Seele und erwählten ihr gesondertes Los. Die Seele erfuhr ihre Sondernatur und Selbständigkeit.

Der Mensch ist mit Leib und Seele ein Doppelgänger in zweierlei Welten.

Dem Sinnlosen war nur meine armselige Leiblichkeit preisgegeben. So feuerheiß meiner Jugend das sichtbare Hinscheiden ankam, war doch das blitzgleiche Zucken meines Schmerzes vorübergehend. Es galt dem Abschied von Frauchen und meinem werdenden Kindlein, das soeben in mein Bewußtsein hineingeboren wurde. Aber gleichzeitig sänftigte mich die Zuversicht, daß alles Lebendige im Glauben eins und untrennbar sei.

In dem neuen Raum, darin ich mich vorfand, waltete das Wirkliche, das mit Demut und Dankbarkeit gegrüßt werden wollte. Das Wirkliche machte mich untertan und tief ergeben seiner allwaltenden Sachlichkeit. Ihr war alles Geschehen untergeordnet, selbst die Unholdigkeit, die mich fressen wollte.

So war ich trotzdem getrost, weil ich in meiner mutmaßlichen Todesstunde das Höchste erfuhr: »Er ward entrückt im Geist!« Ich faltete meine Hände um mein Hündlein und lehnte mich gegen den Baum wie an meinen Bruder.

Darum nahmen meine Ohren zuerst nicht den Wechsel auf, der in den heulenden Lüften vor sich ging. Erst als Spitz Zottelohr zu bellen anhob, horchte ich auf. Jetzt drang durch den Woost hindurch ein gleichmäßiges Rufen zu mir, im Auf und Ab eines hellen und dunklen Klangs.

Glockengeläute! ... Die Hilfe rief: »Hier bin ich! – Wo bist du, den ich suche?«

Es ist Brauch auf dem hohen Wald, daß die Glocken im Dorf geläutet werden, wenn einer im Schneewoost noch draußen ist. Dann kommt seine Freundschaft zusammen und hängt sich im Turm an die Glockenseile, damit der eherne Mund dem Vermißten draußen entgegenhallt durch den Sturm und den Tod von ihm scheucht.

Wie herrlich als Gottesgeschenk solche Nachbarschaft war! Ich wußte wieder, wohin und nahm von neuem den Kampf auf. Wohl sank ich noch öfter in dem Umwegsamen ein. Aber die Glockenrufe ermüdeten nicht. Ich erhob mich, drang vor, wich auch einmal einen steilen Hang hinab. Zuletzt sah ich rotes Licht winken und hörte Hundegebell, das Spitz Zottelohr freudeheulend beantwortete. Beim ersten Haus klopfte ich an das erleuchtete Fenster und frug: »Wo bin ich?«

Ich war wieder in Hasselbach. Mein Herzensbruder hatte mich ins Leben zurückgerufen.

7. Die Belzebuben und die gottseligen Herbergsleute.

Danach war über mich bestimmt worden, ich solle einen zweiten Lebensanfang beginnen und mich fühlen wie ein neugeboren Knäblein. Als ich andern Tags zurückkehrte ins Dorf, lagen meine Leute an den niederen Fenstern und klinkten sie auf, um mir zuzurufen, ob ich wieder da sei. Wer mir entgegentrat, streckte die Hände nach mir aus, um mich anzufassen. Das war ein Zeichen, mir etwas Besonderes auszudrücken. Denn die Wildendorner gaben sich nicht alltäglich die Hände, sondern nur beim Abschied oder Wiedersehen.

Sie sind spärlich und verhalten, ihre Herzlichkeit zu zeigen.

Aber ihr Pärrner war vom Tode errettet und war eingegangen in ihre Schicksalswelt, die ihnen durch die Heimat zugelost war.

Als der Woost einbrach und die Wildendorner sprachen: »Es jaigt!« war der Hampitters Gottlieb ins Pfarrhaus gekommen und fragte, während er unbeweglich die Hände in den Hosen ließ, mit unruhigen Augen, ob der Pärrner »draußen verreist« sei. Er ging voran als Frauchens Windschutz zu des Posthalters Henrich Haus. Frauchen wollte mich durch den Fernsprecher bitten, in Hasselbach zu übernachten.

Es war zu spät. In der Posthalterstube schwiegen alle. Hampitters Gottlieb sagte etwas Endgültiges: »Er ist auf dem Heimweg«.

Als ich nach meiner Rettung von Hasselbach nach Wildendorn anklingeln wollte, um Frauchen Trost zu geben, kam kein Bescheid. Der Draht, welcher die Menschenstimme durch das Unwetter leitete, war abgerissen.

Frauchen hat eine lange Nacht mit Gespenstern zugebracht. Sie schrak zusammen und weinte, als ich plötzlich vor ihr stand.

Wir waren uns neu geschenkt und spürten den Segen der ausgestandenen Angst. Die nächsten Tage lagen vor meinen neuen Augen die Welt ständig im Mondlicht. Aller Nüchternheit war ein Geisterkleid angezogen und der Alltag erzählte Märchen, ohne es zu wissen.

Ich wurde zum zweitenmal in meine Gemeinde eingeführt; aber nicht unter Gesichterschneiden, wenn`s nicht vor Rührung war. Das ganze Dorf war mir zur Nachbarschaft geworden und unserm Bekanntsein war kein Anfang gesetzt, wo wir einander fremd waren wie Stadt und Land.

Denn auch das, was ich persönlich in meiner Bedrängnis erlebt hatte, war den Wildendornern bekannt und gleich genatur. Sie wußten hierzuland von je zu erzählen von der unsichtbaren Hand, die ihre Leute unversehens an einen äußersten Kreuzweg führte. Dann war das Stündlein vor Damaskus gekommen, wie dem Apostel Paulus geschah in Gottes Wort. Dann kam`s zum Biegen oder Brechen mit dem störrigen Menschentrotz. Der Mensch mußte unter Heulen und Zähneklappern seinen Herrn erkennen.

So war die Zahl derer im Dorf nicht gering, die Zeit und Stunde ihrer Umkehr und alle Umstände anzugeben wußten, wo und wann ihnen die Augen aufgetan wurden. Das geschah selten anders als gewaltsam und erdbebenhaft.

Darin spürte das Völklein den vulkanischen Mutterschoß der hohen Heide. Es war für die Menschen vorbedeutend, daß sie ihr Brot von Ackerland aßen, das auf dem schwarz geronnenen Feuerblut der Erde gelagert war. Überall lag die Basaltlava zutag als Zeuge der hitzigen Vorzeit. Im Steinernberg bei Hasselbach standen mannsstarke Säulen wie Riesenbleistifte haushoch an. Aus der Handfläche der hohen Heide ließ sich das Schicksal ihrer Bewohner weissagen. Meine Wildendorner glichen ihrer Heidemutter.

So hatte ich schon länger wahrgenommen, daß ihrer geistigen Artung nach zwei Sippschaften im Dorf wohnten. Gottes- und Weltkinder; Auserwählte und Ruchlose! Wenn ich Sonntagabends durchs Dorf ging, sang es aus allen vier Ekken. Das war der ständige Sängerkrieg in Wildendorn, den abzuschaffen keiner mächtig genug war. Der Sang war weltenweit voneinander geschieden und stritt doch wider einander. Am Gemeindehaus sang mir ins eine Ohr die Ruchlosigkeit, ins andere die Gottseligkeit. Beide aber mit gleicher Stärke und Inbrunst auf ihre Art.

Hier die Herberge der Gottseligkeit,
dort des Teufels Lusthaus!

In der »Versammlung« beim Uhls Roter wurde dem Himmelreich gedient. In der langen Stube schob der Hausmann die gespreizten Arbeitsfinger zusammen zur geschlossenen Faust und legte aus der Bibel Gottes Wort dar, wie es ihm der Geist eingab ohne Erstens, Zweitens und Drittens nach der Weise der Schriftgelehrten. Zu gleicher Zeit tagte im Wirtshaus beim Belzejakob die Saufbruderschaft der Gottlosen. Burschen- und gelle Mädchenstimmen wüsteten auf die Gasse hinaus. Sie hießen nach ihrem Gasthalter die Belzebuben.

Kein Mittelweg! Kein Stammtischschoppen geruhiger Leute. Immer nur »aut oder naut!« Wirtshausbruder oder Herrnbruder.

Ich mühte mich vom ersten Tag an, die Spaltung im Dorf, die sich bis in die einzelnen Haushaltungen klüftete, als Privatangelegenheit der Wildendorner zu übersehen. Mich warnte aus meines Lehrers Mund das Beispiel meines Vorgängers, dem`s den Unnamen eines Christenverfolgers eintrug, weil er zu der Meinung des Dorfes beisteuerte, daß der Pfarrer namentlich gekränkt sei, wenn einer der Kirche absagte. So wurde der Pfarrer der persönliche Feind der Unkirchlichen. Sie boten ihm die Zeit nicht mehr und gingen auf der Gasse strackes neben ihm hindurch, als sähen sie ihn nicht.

Auch mir erwiesen die gottseligen Herbergsleute nicht die Ehre, meinen Gruß zu erwidern. Denn den Auserwählten stand ihre Absonderung von den Ungläubigen obenan.

Uhls Jane, die Herbergsmutter, kehrte sich vor meinem ärgerlichen Anblick um und ließ mich ihre Breitseite ausgiebig bewundern. Sie war geschwollen vor heiliger Rechthaberei.

Der Wildendorner Trotz mußte bei sich beharren, geistlich oder gottlos, wie die Moosflechte am Fels. Beide Bruderschaften hielten sich wie ein Pumpenschwengel im »Gewegel« als Widersacher und waren sich unentbehrlich, ohne es zu wissen. Hatten die Auserwählten die Wirtshauskumpanei Belzebuben getauft, mußte die Rauhbeinigkeit ihre frommen Gegenfüßler anmaulen: Zwei, die von einem Wurf wären und von der nämlichen Ferkelsau gesoffen hätten, wollten nicht aus dem gleichen Trog fressen? – Sie seien allzumal Sünder und voller Untucht, wo sie das Hemd anrührte.

An einem glashellen Septembersonntag war mir geglückt, die Gottestrotzköpfe durch dreiste Unbefangenheit zu entwaffnen und mit ihnen in menschlichen Grußverkehr zu kommen. Ich hatte auf der Grützemühle das sechste Kind getauft und dem Grützephilipp Vorhalt gemacht, weil er dem Branntwein zuviel zu Gefallen ging. Der straubige Rotbart hatte ihm besensteif in die Luft gestanden. Ein paar Augen hatten mich angefunkelt: Warum müsse er so viel Mühlstaub schlucken!

Als ich heimkehrte über die blache Heide, vernahm ich geistlichen Gesang in der aufgeregten Tonart der Erweckten. Er scholl von der Hub herüber, die mit ihren schwarzen Wettersteinen und den hundertjährigen Buchen der Heide zuschaute, wie sie der lachenden Sonnenmutter in die Arme lief. Die Bäume sahen aus wie Steinpilze, so breit und kurz bei der Erde gehalten. Sie hatten jedes Zweiglein Raum auf der Vorwacht gegen die Unbill sich ertrotzt.

Ich sah schon, es war Uhls Roter und seine Bruderschaft. Ich kam und hatte mir ein Heidesträußlein gepflückt und war stillvergnügt wie ein Pfarrersmann, der seine Predigtlast mit Anstand losgeworden ist. Mir war beim Absteigen von der Kanzel ein selbstgefällig Sprüchlein eingefallen, welches von einem längst verstummten, geistlichen Kauz stammte: »Wir haben ein artiges Predigtlein gehalten, das hat uns selber wohlgefallen«.

In solcher Spießbürgerlichkeit stieß mich der Bock, als ich

die Heiligen der jüngsten Tage wie Holzbilder in einer Reihe sitzen sah, mich zu ihnen zu gesellen. Sie rauchten nach Beendigung ihrer Waldandacht ihr Pfeifchen A. B. Ruyter und ihr Tabak roch nicht anders, als er immer riecht. Ich zog als friedlicher Wanderer meinen Schlapphut und ließ mich auf einem Mooskissen neben dem Uhls Roter nieder.

Darob war im Gesicht meines Nachbars jede Linie mit Ausnahme der Querfalten von Mund und Stirn senkrecht vom Himmel zur Erde gefällt.

Keiner hatte meinen Gruß erwidert. Ich plumpste in ein schweres Schweigen hinein, daß ich dachte: Was hast du Leichtfuß dir eingebrockt? In seiner starren Unbeweglichkeit rührte mich das Schweigen leibhaftig an und belehrte mich, daß nicht nur ein loses Gassenwort sage, der Pfarrer sein ein »Lohnprediger« und handle mit Gottes Wort. Es war ein Bekenntnis, daß sie den Handelsmann von sich wiesen.

Denn es stand, vom Herrn verordnet: »Umsonst habt ihr's empfangen, umsonst gebt es auch!« Solcher Schwere wo es leicht wie Pfeifenrauch, wenn ich dagegen aufgezählt hätte, was mich das teure Studium gekostet habe; auch daß ich im Krämerhaus keinen Laib Brot umsonst empfange.

Ich mußte die mich anwandelnde Verlegenheit abschütteln und zog eine Zigarre heraus, als wäre ich irgendwo unter meinesgleichen und bat um Feuer. Denn es ist ein heimlicher Gemeinschaftsbund zwischen allen, die dem Rauchgötzen dienen und mit einem blauen Räuchlein die bösen Geister beschwören.

Aber ich redete zu tauben Ohren. Niemand hatte meine Bitte gehört und regte sich. Darum beugte ich mich vor der steinstrengen Runenschrift in Uhls Roters Mienen, deutete auf meine Zigarre und bat ihn nochmals besonders um ein Feuerspänchen.

»Wir sind außerkirchlich«, knarwelte der Wildendorner Trotz zwischen den Zähnen.

»Deswegen dürft Ihr mir doch Feuer geben?« fragte ich harmlos zurück.

Das war nicht verboten im geistlichen Bibelgesetzbuch wie der Gruß an die Ungläubigen, rührte vielmehr an die Gastlichkeit der Heide, deren Sinnbild ich in der Hand trug.

Es war erbaulich anzuschauen, als noch zögernd der Uhls ein Feuerspänchen an der Hose anstrich und mir darreichte. Fast hatte es den Anschein, daß ich mit den Pfarrersfeinden die Friedenspfeife rauchte. Ich gab ihnen kund, wie ich mitnichten von ihnen beleidigt sei und daß ich nicht willens sei, jemand um seiner Abneigung gegen die Kirche willen schlecht zu behandeln.

Das gemeinsame Rauchopfer hatte die Wirkung, daß ich künftig als menschliches Wesen von den Gottseligen beachtet wurde. Es war ihnen wohl selber lieb. Denn der Mensch ist auf der hohen Heide ein Ereignis, weil er vor der endlosen Weite in der verschwindenden Minderheit ist.

Sie gehorchten doch mit tiefem Ernst dem Gott, den sie begriffen, auch wenn sie töricht handelten. Von ungefähr kam ich dazu, als vor Uhls Haus ein Schwein gemetzt wurde. Die rote Blutlache färbte weithin den Schnee, denn das Blut wurde nicht, wie üblich, in der Pfanne aufgefangen.

In Gottes Wort stand geschrieben: »Enthaltet euch vom Blut und vom Erstickten«.

Nun konnte ich mir als geistlicher Schulmeister den Mund nicht verbieten und belehrte den Uhl, daß das Verbot nur eine zeitliche Abmachung gewesen sei mit dem Heidenapostel aus Rücksicht auf die Speisegesetze der Judenschriften, die aus dem Blut sich keine Speise bereiten durften.

Jetzt aber gelte: »Nicht, was durch den Mund eingeht, verunreinigt den Menschen«.

Ich war meiner Überlegenheit sicher. Aber der Uhls Roter antwortete unbeweglich: »Ich kann lesen! Was geschrieben steht, steht geschrieben«.

Auch mein Zureden, seinem Nachbar, der ein Bergmann war mit einer Stube voll Kindern, das Blut zu überlassen, war in den Wind gesprochen. Der Uhl tat es mit eckigem Kopfschütteln ab: »Führe uns nicht in Versuchung!«

Der Uhl war wie geschlossener Fels im Acker. Seine Ehrfurcht vor Gottes Wort machte keinen Unterschied vom ersten bis zum letzten Buchstaben.

Darum war die Kirche verachtet, weil sie mit der Welt Handelsleutgeschäfte machte. – Umschichtig wurde durch die Abgesonderten der Trotz der Kirchentreuen hochgeschafft, denen die Kirche ihrer aller Stammhaus war.

Mein geschworener Pfarrersfreund, Hampitters Gottlieb, verglich die Kirche mit dem Huhn und die Außerkirchlichen mit dem Ei, das klüger sein wollte als die Henne. Seine Widersacher nannten ihn seitdem »das Kirchenhuhn«. Ein Vergleich, der seinen Anhalt hatte an der vornübergeneigten Haltung und den umhersuchenden Augen des Gottlieb. Aber er pickte und scharrte auch ebenso eifrig nach Hühnerart hinter den Fußspuren der Gläubigen und wurde ihnen dadurch leid.

Gottliebs ständiges Maß war: »An ihren Früchten sollt ihr sie erkennen!« Hatte er etwas aufgelesen, dann trug er's durchs ganze Dorf und fragte, nicht schadenfroh, eher leidvoll wissend: ob man hier einen gläubigen Mann spüre?

Der Gottlieb hatte selber nach einer schweren Lungenentzündung erlebt, daß er ohnmächtig sei, dem »Herrn zu wehren«. Bei seiner Suche trieb ihn eine Sehnsucht, die mitschwang in seiner verschleierten Stimme. Oft vermeinte ich, daß er über seinem Bemühen, einen menschlichen Engel in Wildendorn zu finden, in Gefahr sein, gemütskrank zu werden. Es rührte mich und schlug mir ins gewissen, wenn er nach seinen vergeblichen Gängen immer wieder auf mich verfiel und mir alle Vollkommenheiten andichtete, deren ich ermangelte. Mir gegenüber versagte trotz meiner Abwehr sein kritischer Scharfblick.

Daß eines solchen Pfarrerfreundes Bruderkind einen Auserwählten nahm und sich nicht in der Kirche durfte von mir trauen lassen, war sein tägliches Herzeleid. Seitdem wohnte er mit einem Heiligen Wand an Wand und brauchte nicht weit zu laufen, um etwas an ihm zu finden.

Denn die reine Wahrheit ließ sich nicht einmal im Bauch einer Kuh verbergen. Sie kam an den Tag und wenn's durch den Kuhmist geschah.

Der Eidam nebenan war wie ein Wolf weltbegierig und von früh bis spät darauf aus, sich Sach´ zu erobern. Ihm genügte zum Verdienst sein Ackerbau nicht, obwohl er ein Jahrbrot zog auf eignem Boden. Wo bar Geld zu erraffen war, hielt ihn kein Pferd zurück, der erste zu sein. Den Weibsleuten packte er derweil die Feldarbeit auf. Er mußte Steine klopfen am Weg. Am frühen Morgen hatte er noch das Vieh gefüttert, das nicht ausgetrieben war auf die Weide. Als die Fahrkühe angeschirrt wurden, lahmte die Kuh der Schwieger. Der Gottlieb half aus und war Zeuge, daß das Vieh selber untrüglich den Nachweis erbrachte, wie neidisch der gottselige Eidam war. Denn die Kuh des Eidam hatte Hafer gefressen, die Aushaltskuh der Schwieger aber nicht.

Die Schwieger zeterte und war für sich und ihr Tier beleidigt. Der Gottlieb aber griff den Gottesmann abends am Ärmel und wies auf das Korpus delikti: »Heißt man das einen gläubigen Mann?«

Ich fragte: »Gottlieb, warum kamt Ihr im vergangenen Herbst mit dem Uhls Roter im Unfrieden auseinander?«

»Pärrner, es ist mir auferlegt, daß ich allweil dazukommen muß, wenn einem der meint, wunders wie fein er aussäh, der alte Adam wie das Hemd aus dem zerrissenen Wams guckt«.

Die Maul- und Klauenseuche war dazumal im Dorf und tat viel Schaden unter dem Vieh. Der Gottlieb zählte auf, wem und wo ein Stück Vieh gefallen sei oder notgeschlachtet wurde. Das war so wichtig, wie das Sterberegister des Pfarrers.

Das Hühnervolk wurde eingesperrt, damit es nicht die Krankheit herumtrug von Stall zu Stall. Auch der Uhls Roter tat so. Nachdem er aber die Seuche im eignen Stall hatte, stand sein Hühnerhaus offen.

Der Uhl wurde flammig rot wie sein Haarschopf, als der Gottlieb ihn darauf zurechtwies: »Kain hat gesagt: Soll ich meines Bruders Hüter sein?«

Die Weibsleut seien schuld!«

Diese Ausrede war immer bei der Hand. Der Männerhochmut belegte aus der Bibel, wie schon Adam von der Eva verführt wurde zum Sündenfall und urteile summarisch:

»Schon die erst` hat nichts getaugt!«

In meiner neuen Zeit glich ich mich dem Gottlieb an als Menschensucher. Ich botanisierte im Dorf herum und fand überall seltsames Eigengewächs und lernte manch krausen Auswuchs an Gottseligen und Gottlosen verstehen.

Die Unrast war von mir ausgefahren. Die Abgeschiedenheit meines Dorfes bedrängte mich nicht mehr. Zur Abwechslung kamen ab und an in gleichen Abständen Fremdlinge ins Dorf. Herumzieher mit Irdenware aus dem nahen Erdbäckerland. Sie hießen Mäckeser oder Heidenleute und wurden wie die Zigeuner gefürchtet vom Aberglauben.

Ruchlos Volk! Das noch nicht einmal das Gebot kannte: »Du sollst nicht stehlen!« Die Mäckeser wußten keinen Heimatort, wo sie geboren waren und hatten kein Dach über sich, sondern die Zeltbahn im Planwagen. Ihr Bleiben war allenthalben über dem rollenden Rad. Weil sie bei der Verteilung der Welt vergessen wurden, waren ihre Hände hurtig wie die Augen im Zugreifen.

Als die Pfarrhausklingel schrillte, geriet Spitz Zottelohr außer sich vor Entrüstung. Ich mußte ihn wiederholt fragen: »Wer hat`s den Spitz geheißen?«, bis er sich notdürftig beruhigte.

Derweil kam Frauchen kaum zu Worte vor der eindringlich dunklen Bettelstimme einer Mäckeserfrau und vor Kinderweinen.

Frauchen war vor Mitleid wie geschmolzene Butter: »Mathias, sieh doch mal!«

Ich stellte meine lange Pfeife hin, wehrte abermals dem Unverstand Zottelohr, der mit gesträubtem Schopf das windige Häuflein Elend anschnauzte und besah mir den blaurot gefrorenen Säugling auf dem Arm der abenteuerlichen Fremden.

Ein Mann war machtlos, wenn er nicht als Unmensch dastehn wollte vor seinem eigenen, von kommender Mutterschaft gezeichneten Weibe. Ich hatte nur »nichts dagegen zu haben«, was Frauchen der Mäckeserin Gutes antun mußte, um dem armen Wurm angeblich das Leben zu retten.

Aus meiner Junggesellenzeit besaß ich eine alte Chenille-Tischdecke, die vormals im guten Zimmer meiner Mutter prunkte. Ich hatte aus Unvorsichtigkeit in das seidene Gewebe mit dem Spirituskocher ein Loch gebrannt. Nun mußte ich das Erbstück herschenken. Der Säugling wurde dareingewickelt zum Schutz gegen den grimmigen Frost.

Die Mäckeser waren als Hungerlitter wie die Raben im Kampf um die Lebensnotdurft. Wo sich nicht mehr der Briefbote als unser Verbindungsmann mit der Außenwelt durchwagte, fanden sie mit ihren struppigen Pferdchen noch einen Weg.

Nach etlichen Wochen kamen sie kurz vor Weihnachten nochmals ins Dorf und suchten im Pfarrhaus die Barmherzigkeit heim. Jetzt hingen zwei junge Weiber und die Hauptmännin mit dem Altweiberbart samt fünf Kindern dem Frauchen an, daß es sich nicht mehr zu helfen wußte.

Ich kam ihr nach einer angemessenen Weile zu Hilfe. Hampitters Gottlieb hatte mich inzwischen auf seine Weise aufgeklärt. Die Mäckeser seien eine von den sieben ägyptischen Plagen, darum mit dem einen Auge in Geduld hinzunehmen als Gottes Heimsuchung, mit dem andern Auge aber seien sie auf Schritt und Tritt zu überwachen, weil sie »die Hände nicht beim Leib halten« konnten als Diebsgesindel.

Diesmal fragte ich nicht: »Wer hat`s den Spitz geheißen?« Die beiden Baumlangen, der männliche Teil der Mäckeser, saßen derweil beim Belzejakob und ließen sich`s wohl sein. Meine mütterliche »Schenilljedecke« hing einem Mäckesergaul über den dürren Widerrist. Der Mäckesernachwuchs aber wurde frosthart gewöhnt wie die Schlehen. –

»Menschengewächs! Mathias Hirsekorn, aus dem unmittelbaren Lebenszusammenhang – ob`s nun von unten oder von oben her ist!« –

Wieviel hatte ich schon erlebt! Weihnachten rüstete sich, die weiße Heide himmlisch zu besuchen. Die Wettertannen um das Kirchlein trugen Wickelkinder auf dem Arm und schnitten verwunderte Landsknechtsgesichter, wer sie dazu angestellt habe. Die verschneiten Grabkreuze waren tief in den Schlaf ihrer Toten abgesunken. Alles lag unter derselben weißen Decke beieinander. Nur das Dörflein lüftete noch einen Zipfel und äugte unter den Dachkappen nach Sonnenaufgang.

Zur selben Stunde brach aus den freigeschaufelten Türen ein frohes Gewimmel, dem die Raben nachschrien: allen, die der Winterfarbe ermangelten, ginge es schlecht. Aber die Wildendorner holten sich ihren Christbaum im Wald und schnitten ihn mit eigner Hand von der Wurzel ab.

Die heilige Nacht tastete sich mit ihren Sternenlichtern durch, bis sie aus der Unendlichkeit beim Dörflein ankam. Die Fenster meines burgartigen Kirchleins leuchteten festlich auf. Märchenwelt war niedergestiegen. Vor jedermann stand ein brennendes Licht auf der Bank und jeder Menschenmund strömte über: »Vom Himmel hoch, da komm ich her«.

Unsere Pfarrhaustanne rauschte mitternachts im Mondtraum vor unserm Fenster. Frauchen und ich hatten unser Weihnachtskind im voraus und waren doch ahnender Erwartung voll. –

Ich sollte in meine Botanisiertrommel noch mehr Wildendorner Menschlichkeit sammeln, bevor das Jahr zu Ende ging. Die Rauhbeinigkeit beschloß, mir Anlaß zu geben, daß ich meinen pfarrherrlichen Schnabel an ihr wetzte.

Am Altjahr-Abend hatte ich den totkranken Großlipps besucht, meinen Nachbar, dessen Schweinestall nach Frauchens Küchenfenster duftete. Der Windlipps stellte sich mir in den Weg. Obwohl sein Namensvetter, der Boreas, mich zudringlich nach meiner Leibeswärme ausschnupperte, ließ der Windlipps nicht von mir ab. Seine Stunde war gekommen, daß er vor mir die Dunkelkammer in der Brust öffnete.

Kein Pärrner braucht dem Windlipps zu predigen, daß er

Wilhelm Thielmann *»Der Kranke«*

Wilhelm Thielmann »*Dorfhäuser*«

ein Verlorener sei. Aber warum ist der Windlipps ein Lüstling und ein Ungut in aller Mund? Das hat der schuld, der jetzt auf seinem letzten Lager liegt. Der Bruder Großlipps, der jetzt die Gerechtigkeit Gottes erfährt, bevor ihm sein hölzern Röcklein angemessen wird.

Der Windlipps deutete auf das Krankenzimmer, dessen erleuchteter roter Vorhang in die winterliche Totenstarre blutete. Den Kranken dort fraß der Tod auf bei lebendigem Leibe und verrichtete sein Werk stündlich und unsichtbar. Der Tod verschloß seinem Opfer den Schlund und ließ den Schächer Hungersnot leiden, mehr als den geringsten Bettler. Obwohl der Großlipps ein »reicher« Mann war und alles zur Hand hatte. Ihm wurde mit solcher Pein zugesetzt, daß er auf die Gasse hinaus schrie, die seiner wartete samt den Obstbäumen und der Nachbarschaft.

»Warum? Pärrner, hie ist der Finger Gottes!«

Der Windlipps war trunken ohne Branntwein. Er wußte die Gedanken Gottes, welcher den Großlipps einen vielfachen Tod erleiden ließ, weil dieser einen Meineid auf dem Gewissen hat. Er hat dem Windlipps das Erbe abgeschworen vor Gericht und ihn zum Weglump gemacht.

Ich stand danach am Krankenlager des Großlipps, tat die Hände zusammen und seufzte und schrie innerlich, weil das Häuflein Elend vor mir nichts anders wußte als betteln: »Nur ein klein Gebetchen!« Durch ein Gebetchen sollte ich ihm wie ein Medizinmann davon helfen. – Ich konnte nicht einmal die gewohnte Pfarrerausrede gebrauchen, daß keinem schwerer aufgeladen werde, als er tragen kann und mochte am liebsten verstummen.

Statt dessen mußte ich dem Todkranken hart zusetzen: »Großlippps, wenn die Stunde der Wahrheit kommt, gleicht der Mensch der Kindbetterin, die nicht zurückhalten kann, was zur Geburt bestimmt ist. Der Windlipps hat Euch verklagt seines unnützen Lebens halber«.

Noch geller schrie der Gepeinigte auf: Er habe alles abgegeben an den Sohn und nichts als seine Notdurft behalten, ausgenommen die Hölle, die sich in seinem Leib ein übermenschliches Wohlsein zubereite. Der Windlipps aber habe seine Sache von je vertan, während der Großlipps sparlich war. Und die Mutter habe es so geordnet auf dem Sterbebett: Sie lege die Welt jetzt nieder, aber nicht in des Windlipps Hand. Der sei in der Nacht der Tag- und Nachtgleiche geboren, als der Woost über ihrem Kopf das Hausdach forttrug.

Jetzt sei der Sohn der Hausmann, mit dem der Pfarrer reden solle. Aber erst: »Nur ein klein Gebetchen!«

Großlipps Henner stand dabei und seine gefalteten Hände fäustelten sich: Der Altmann wisse nimmer seine Worte zu führen.

Ich tat mein klein Gebetchen und tat meinen Schauder hinein: Daß Gott erbarm! –

Zum Jahresabschied drängte sich im gemeinsamen Wildendorner Stammhaus Kopf an Kopf und ich zählte auf, was das Jahr gebracht habe an Freud und Leid. Ich hatte mich durch Hampitters Gottlieb belehren lassen, was den Wildendornern wichtig war.

Zum ersten: Solange die Erde stehet, soll nicht aufhören Samen und Ernte. Danach, wer im Jahr geboren und gestorben war, mit Namen genannt. Zum dritten die Arbeit, die das Wildendorner Jahr ausmachte, das harte Ringen mit der Scholle, dabei der Herrgott der mächtig stille Teilhaber war. Zuletzt die Ewigkeit und »alles Fleisch ist wie Heu!«

Ich konnte auch nicht umhin, zu danken, daß ich nach Wildendorn geführt sei.

Eine weite Einmütigkeit geleitete Frauchen und mich mit erdbefreitem Odem ins Pfarrhaus. Da tönte aus dem dunklen Hausflur eine bekannte Stimme: »Erschreckt nicht, ich bin`s!«

Es war Frauchens Vater, der Professor mit dem Patriarchenbart und den Kinderaugen.

Er wollte in unserm Dörflein einen besinnlichen Jahresanfang finden und dem blöden Massenlärm in der Stadt entgehen, wo das neue Jahr angebrüllt wurde, als lasse es vor

Schreck fallen, was die Leute wünschten.

Bei uns stand die Stille im schlohweißen Kleid der Unschuld ums Haus. Der große Birnbaum im Pfarrgarten reckte sich wie ein starker Beter nach den schimmernden Kleinodien der himmlischen Herrlichkeit, als wir uns ahnungslos eine geruhige, gute Nacht wünschten.

Wir fuhren aber aus dem Schlaf empor und besorgten, es seien plötzlich Räuber oder Kriegsaufruhr ins Dorf gebrochen. Wenn man`s gelinder nehmen wollte, veranstaltete des Nachtjägers Troß eine Treibjagd und hetzte das Neujahr im bloßen Hemdlein durch die Gassen.

Die Wildendorner Rauhbeinigkeit krachte mit allem was zum Spektakelmachen tauglich war. Bis Mitternacht hockten die Belzebuben im Wirtshaus und brachen dann aus wie ein Heerbann der Unterwelt.

Ein ungeschriebenes Gesetz verlangte, daß das Neujahr tüchtig angeschossen wurde. Wo es am lautesten knallte, wohnten die Ehrenbürger des Dorfes, die am höchsten in der Volksgunst standen. Gleichzeitig wurde eine Schönheitskonkurrenz ausgeschossen. Diejenige Dorfschöne war preisgekrönt, vor deren Fenster die meisten Schüsse fielen.

Des Wildendorner Pfarrers Beliebtheit erschütterte uns die ganze Nacht hindurch das Trommelfell. Nicht minder ruhestörend war die Nachbarschaft von Schäferjakobs Lies und Mine. Kaum hatten wir zwischendurch ein Auge voll Schlaf gefunden, krachte es wieder wie neben unserm Bett: Bum! Bum!

Dann erholte sich die Stille ein Weilchen. Der Hanjörg tutete auf dem Nachtwächterhorn. Der Halbpfiffer pfiff die halben Stunden. Wir mummelten uns wieder in die Kissen und bildeten uns ein, die Rauhbeinigkeit habe sich ausgetobt.

Bum! Bum! Bum! Donnerschläge geschahen, daß die Scheiben zitterten.

Der gute Schwiegervater! Er kam am Morgen übernächtigt zum Vorschein: »Mathias, das war Dynamit!« – Auf der Pfarrwiese hatten die Wilden einen Obstbaum umgeschossen.

Ich aber sollte vor meinen andächtigen Ruhestörern eine erbauliche Neujahrspredigt halten! Das vermochte ich nicht. Denn unversehens war statt meiner der Kirchgickel vom Turm herab auf die Kanzel gestiegen und krähte pfarrherrlich in heller Wut: »Ihr Wildendorner, das war eine Heidennacht!«

Das Wort lief um auf allen Nachbardörfern und fand schadenfrohe Billigung.

Als ich aus der Kirche kam, las ich den Spruch in der Treppennische. Heute hatte ich geschimpft und mein Mütchen gekühlt an meiner Gemeinde, da alle den Mund halten mußten.

Die Wildendorner wurden mir darob nicht feind. Warum sollte sich ihr Pfarrer nicht auch einmal austoben wie sie?

Sonst war die allmächtige Stille zu unerträglich stark. Sie senkte sich abgrundtief auf die Heide nieder und prüfte die Wölbung über der Herzkammer, ob sie das pondus mundi aushalte.

Am Neujahrsnachmittag erstiegen wir die Hub, die in der warmen Wintersonne sich mit allen Runzeln freute. Wir sahen weit in die Welt zu unsern Füßen. Die Hänge warfen sich ins Tal und sonderten Heide und Niederland streng voneinander. Kaum hörbar verschlich sich der Pfiff der fernen Eisenbahn, bis er im unergründlichen Schweigen hinstarb.

Solche Absonderung betrieb die hohe Heide unentwegt jahrein, jahraus und setzte sie fort im Dorf: hie Welt, hie Gottesreich!

War's verwunderlich, daß unter dem strengen Zuchtmeister dieses verschlossene Völklein sich einmal ausschrie?

Hinter einem Wildstein pflückte ich ein erstes rosenrotes Blumenknöspchen und gab es Frauchen als Neujahr in die Hand.

8. Im Zwillingsland.

Ich weiß nicht, wie es mir in die Feder kommt, daß ich die Ehe ein Zwillingsland heißen soll. Darum, weil im Eheland immer nur zwei Menschen wohnen, die sich allezeit und überall begegnen.

Dann stürzen sie sich in die Arme, als wollten sie dauernd Wiedersehen feiern. Manchmal aber treten sie sich gegenseitig auf die Hühneraugen.

Wenn für Wildendorn der Höllkopf der Wettermacher ist, so habe ich noch nicht herausgeklügelt, wer im Zwillingsland das Wetter macht. Der Zwilling mit den langen Haaren ist dem Bartbruder zugesellt, damit das große Rätselraten lebenslang nicht aufhört. – Die beiden müssen erst einen Sack Salz zusammen gegessen haben.

Dessentwegen ist über den Ehestand nicht einerlei Meinung im Dorf. Mein Lehrer hat sich als Schelm entpuppt und mir ein artiges Sprüchlein beigebracht:

Die Ehe ist ein süßes Übel,
ein schwer, doch angenehmes Joch.
Sie kommt mir vor wie eine Zwiebel:
Man weint dabei und ißt sie doch!

Gemeinhin beliebt den Wildendorner Mannsleuten eine alttestamentliche Auffassung der Ehe. Der Mann ist zuerst geschaffen, das Weib aber des Mannes wegen. Es kam erst hinterdrein als anfangs nicht beabsichtigte Schöpfung, nachdem Gott »angesehen hatte alles, was er geschaffen hatte und, siehe, es war sehr gut«.

Der Obrigkeitsmann, der schwarze Hanjörg, wurzelte die Brauen empor: »Wenn man sie nicht so nötig hätt'!« Den Nachsatz hat er bis heute noch nicht vollendet.

Dagegen hat sich der regierende Bürgermeister, Stoffels Hanjer, deutlicher ausgelassen: »Ich wollt, die Jüngst' wär 99 Jahre alt!« Und die Mine hat dazu bösartig aufgelacht.

Eheleute Philippi

Auf der hohen Heide zackerte der Pflug eine mühsame Daseinsfurche. Die harten Tatsächlichkeiten strafften die Zügel und Mensch und Vieh gingen mit gesenktem Kopf an gegen den Widerstand.

»Der Muß ist eine harte Nuß«. Arbeitsleistung entschied über Menschenwert. Zum Mäulern, wie die Wildendorner das Küssen heißen, bleibt wenig Zeit.

Immer aber war der Männerargwohn ein wachsamer Hund, daß die Gehilfin nicht die Krone männlicher Selbstherrlichkeit antastete.

»Hüte dich!« hat auch Amalie gesagt, als ich dies Kapitel anfing. Das Mißtrauen gegen das andre Geschlecht ist so alt wie die Liebe.

Da auch der Lehrer das Land bebaute, herrschte überall außer im Pfarrhaus der strenge Stundenplan der Landarbeit. Uns befahl nur der Hausgarten. Bei uns schied sich männliches und weibliches Tagewerk und ließ uns doch ein geistiges Zusammenwandern und ein Ausruhen zweier Lebensgefährten am Weg. –

Ich kann aus eigner Wissenschaft berichten, daß ich nach meiner Verlobung eine schlaflose Nacht hatte. Das Ereignis war zu überstark. Als ich an einem nassen Novemberabend Amalie als Braut unterm gemeinsamen Regenschirm in ihr Elternhaus brachte, setzte sich meine stattliche Schwiegermutter auf der Treppe nieder. Nur der Schwiegervater, der sich in der Badestube aufhielt, tat gelassen eins nach dem andern. Es ist geflunkert, daß ich behauptete, er habe wie Neptun die Hand aus der Badewanne gestreckt und uns seinen Segen erteilt.

Und die jüngeren Geschwister drückten ihre Nasen platt am Schlüsselloch, bis sich die Türe auftat und Amalie überall in offene Arme segelte.

Den einzig dauernden Schaden bei dem aufregenden Vorfall trug Amaliens Werktagshut davon, der sich nicht auf dem Kopf behaupten konnte unterm Regendach und unbeabsichtigt in die Nässe fiel.

Vom Zwitterzustand der Brautzeit soll nichts verraten werden. Aber danach mag ich nicht verhehlen, daß das erste Erwachen im Eheland einen ungewohnt anmutet. Das machen die beiden blonden Zöpfe, die dicht neben einem auf dem Kopfkissen, nicht auf dem Nachttisch, liegen, einem nicht zugehören und doch immer künftig dabei sind.

Das ist nun deine Lebenslängliche, denkst du. Du weißt nun gewiß, wie sie aussieht, die eigens für dich geboren wurde und aufwuchs und lieblich heranblühte, bis eines Tags ein fremder Bursch gegangen kam und mitten in der elterlichen Häuslichkeit den Anspruch erhob: »Ich bin dein Allernächster!«

Da soll einer sich nicht wundern, wie solches zugeht! Die so lange nebelhaft durch deine wachen Träume wanderte und dir wie eine Melodie durch den Kopf summte: »Irgendwo läuft das Mädel herum, das für dich bestimmt ist«, hat nun Gestalt angenommen.

Das eine Rätsel ist gelöst und neben dir atmet das Fleisch gewordene Rätsel Weib!

Man soll sein Weib höchstens unter vier Augen und nur spärlich loben. Die Frau ist kein öffentlicher Gesprächsstoff. So begnüge ich mich wie die Wildendorner, die niemals »ausgezeichnet! Vorzüglich!« sagen, sondern nach der Mahlzeit, wenn`s ihnen regelrecht geschmeckt hat, im Ton des Mindestbietenden anerkennen: »Man konnt`s essen!«

Der eine verdaut den Ehestand, der andere wird von ihm verdaut. Lieber sage ich zu Amalie: »Sei froh, daß du an mich geraten bist. Du konntest es viel schlechter treffen. Denn du warst ein Kind, als du dich mir vertrauensvoll in die Hände gabst. Du fällst noch Tag für Tag auf meine Schalkerei herein. Denn dein Bedürfnis, alles aufrichtig zu nehmen, ist unverbesserlich«.

Unsre ersten kritischen Auseinandersetzungen waren Grenzstreitigkeiten. Wenn mein Sondergebiet, die Studierstube, unter Wasser gesetzt werden sollte; wenn mein Schreibtisch-Durcheinander aufgeräumt wurde oder meine

Bücher abgestäubt! Das hieß dann in der Frauensprache: Sauberkeit und Ordnung herstellen; in der Männersprache bedeutete es: etwas unauffindbar machen, was man gestern noch im Griff hatte. – Wir redeten dann zweierlei Sprachen. Am Ende lehnte Amalie wieder einmal »jede Verantwortung für die Räuberhöhle« ab.

Wir haben umschichtig voneinander gelernt. Heute ist festzustellen, daß meine Vorliebe für Wortplastik auch auf Amalie abgefärbt hat, wenn sie meine geliebte lange Pfeife, die Mitbewohnerin meiner Studierstube, verächtlich »die Schnuddel« oder gar eine »Puddelpumpe« nennt.

Sie ist ihres gelehrten Vaters echte Tochter, die bei einer starken Sicherheit in geistigen Fragen sich leicht von der lärmenden Außenwelt ins Bockshorn jagen läßt.

So kam ihr Vater wieder einmal zu uns heraufgewandert in den Osterferien und hatte die altmodische, treue Ledertasche umgehängt. Nach den anstrengenden Feiertagen wollte ich den Hasselbächer besuchen. Er hatte mir den Besuch schon schmackhaft gemacht durch den Ausspruch eines Pfarrers aus der »guten, alten Zeit«: Wenn die ekligen Feiertag' vorüber sind und die miserablen Kinder sind konfirmiert, dann hat man doch wieder seine Ruh'!«

Weil der Vater am Morgen schon Wald und Heide abgestreift hatte, wollte er daheim bleiben.

»Nun, dann verwahr das Haus gut. Die Mäckeser sind im Dorf«.

Beim Abschied hielt mich Vater Professor am Rockärmel zurück und fragte: »Wie hat man sich zu verhalten, wenn die Zigeuner kommen?«

»Du gibst ihnen deinen Geldbeutel«, antwortete ich lachend und ging davon.

Nicht anders erging`s kurz darauf meinem Frauchen. Die Kinder wurden eingesegnet und wir wurden überall eingeladen. Tag und Nacht hatte das Backhaus geraucht, denn die Westerwälder sind starke Kuchenesser.

Wir mußten überallhin, zu den Beisässern und Bergleuten so gut wie zu den »reichen« Bauern, um keinen Verdruß zu machen. Es waren aber zwei Dutzend Einladungen auf einmal. Und in jedem Hause mußte gegessen und getrunken werden. Das hießen die Wildendorner, ihnen »die Ehre antun«.

Wir ratschlagten und kamen übereins, unser Reich zu teilen. Mitten durchs Dorf floß der Erdbach. Ich nahm den Teil »überm Bach« in Angriff, Frauchen hüben.

Nach drei Stunden hatte ich mich durchgegessen durch den Kuchenberg. Ich trank drei- bis viermal Kaffee – extra starken, davon ich das Zittern in die Glieder bekam. Dann steckte ich mir eine Zigarre an und nahm noch jeweils ein Glas Bier in den nächsten Häusern. Wer mit meiner Enthaltsamkeit nicht zufrieden sein wollte, wurde von mir gebeten, mir erst einen verhungerten Landstreicher, etwa den Atzelgifter Hanjost, zur Stelle zu schaffen, damit ich seinen leeren Magen mit meinem vollen vertausche. Dann sei ich bereit, weiterzuessen. So überwand ich sie zum Lachen und gab mich »als gemeiner Mann«.

Ich steckte daheim meine Pfeife an und war begierig, mit welcher Verspätung Frauchens Zug einlief. Stunde um Stunde verging. Einstweilen hörte das ganze Haus nichts als das fleißige Mäuslein hinter der Wandbekleidung. Der große Birnbaum entfernte sich in der Dämmerung. Unsre Haustanne strich nachdenklich ihren Rauschebart.

Ich klopfte schon wieder meine Pfeife aus, stopfte sie von neuem und holte mir mit dem Fidibus ein lustiges Flämmlein aus dem Ofen. Das Feuerlein lustierte sich, ich aber brummelte: »Wo bleibt mein Zwilling?«

Auf Weg und Straße nächtigte schon die Dunkelheit. Endlich verkündete die laute Geschwätzigkeit Zottelohrs Amaliens Rückkehr. Der Spitz war mit Frauchen gelaufen, weil er bei der Weiblichkeit mehr Freiheit genoß.

Frauchen war hochrot im Gesicht und sank erschöpft in den Stuhl. Als ich lachte, fing sie zu schelten an.

Sie hatte freilich nicht so schnell »die Kehr' kriegen« und

Guten Tag und Lebewohl in einem Atem sagen können. Sie mußte die Gastfreundschaft der Wildendorner viel ernsthafter nehmen als ich. Drum hatte sie aus Pflichtgefühl sich durchgegessen und getrunken – in meiner Stellvertretung! Mir zu Liebe!

Aber einmal und nicht wieder! –

Sie hatte eine unruhige Nacht.

Künftig mußte sie zuerst an ihr Kind denken. Die Zeit näherte sich, wo wir beide, jedes auf seine Weise, die Macht des ungebornen Geschlechts spürten. Ein Drittes machte sich bemerkbar im Zwillingsland und schob sich ein zwischen Mann und Weib. Mein Empfinden dem Ankömmling gegenüber war nicht einerlei und schwankte zwischen Zuneigung und gemeiner Gegnerschaft.

Dieses Zukunftswesen bewies eine unheimliche Folgerichtigkeit und machte, ohne um Erlaubnis zu fragen, herrische Ansprüche. Es herbergte im Frauenleibe, unbekümmert um dessen liebliche Mädchenhaftigkeit, die es verunstaltete und richtete sich ein nach Bedarf.

Ich sah, mein Weib wurde als Magd verdingt einem uralten Gebot. Dann aber wob die Zeitlosigkeit dieser Ordnung einen unsichtbaren Kranz um Frauchens Haupt, wenn sie sich willig niederneigte auf linnene Kleinigkeiten in ihren Händen.

Wie war sie gereist in Jahresfrist! »Ihr Männer habt`s gut!« sagte sie mit zuckendem Mund, wenn sie einen beschwerlichen Tag hatte. Dann mochte ich ihr die Knie küssen und erwog, was auch ich einmal meiner Mutter zu schaffen machte, ohne daß sie mir gegenüber ein Wort verlor.

Ich legte ihr einen Zettel auf den Nachttisch, als sie mein männliches Freisein wieder beneidete:

Euch aber gab das Leben
sich selber in die Hut.
Euch muß als Mutter grüßen
des Lebens Schrei im Blut.

Auf euch ruht größrer Glaube
als wie auf Mannessinn.
Euch heißt ein heil`ger Wille
Lebens Gebärerin.
Ich neige meine Stirne
der Ehrfurcht Urgebot.
Du hegst ein göttlich Werde
in dir und – Gottes Not!

Als Frauchen aber dankbar ihre Wange an meine Hand schmiegte, mußte ich mich mit einem Fratzenlied davon machen. Ich maß meine splittrige Diele ab bis zu dem historischen Astloch und hörte noch einmal meinen Pfarrergeneral sagen:

»Sie werden sich entschädigt fühlen, wenn Sie in der Einsamkeit keine Ausflucht mehr wissen vor sich selber. Das ist der Anfang. Dann werden die Großtaten des Lebens, Geburt und Sterben, sich zu Ihnen machen und in Höhen und Tiefen ausklingen bis zum letzten Ton«.

Meine Neigung, Lachen und Weinen im selben Sack zu haben, erprobte sich schier alle Tage. So im Nachbarhaus.

Endlich kam`s mit Großlippse Altmann so weit, daß er sich ohne Schmerzen endgültig ausstreckte und liegen blieb. Ich hatte ihm täglich wie einen Löffel Arznei sein klein Gebetchen verabreicht; Hatte auch zuletzt, wunderlich leicht, den Windlipps über die Schwelle gezogen bis ans Sterbelager und zugeschaut, wie ihm die wirren Haare bis in die sperrangelweiten Augen schlotterten. Der Windlipps gab dem Bruder nach Jahren wieder die Hand. – Er sollte künftig im Vaterhaus seinen Aushalt haben.

Eine halbe Stunde danach stand die Stille scheitelrecht über Großlippse Haus und Tür- und Fensteröffnungen lauschten dem Totenglöcklein.

Ich war gerufen und tat meine Hände ineinander, denn ich sah, wie das Vergängliche im Unabänderlichen ankam zu abgründiger Ruhe.

Und hätte gleich auf der Hausschwelle wieder auflachen mögen! Großlippse Altfrau berichtete von den letzten Minuten des Sterbenden, wie er sich um und um warf und kein schmerzensfreies Plätzchen fand.

»Da gab er mir mit seinem Bein selig noch einen Tritt, tat einen krausen Schnieber dazu und war hindann«. –

Nun aber hielt sich das Lebenswunder in der Nähe des Pfarrhauses auf, um rechtzeitig einzuziehen. Bald saß auf dem großen Birnbaum, bald auf der Haustanne ein Star und pfiff hell hinaus, was er wußte.

Ich konnte dem Lied nicht ruhig zuhören, sondern verfiel wieder in die alte Unruhe und konnte sie nirgend niederlegen; nicht bei den scharrenden Hühnern im Hof, nicht bei Spitz Zottelohr, wenn ich ihn streichelte. Eine geheime Wehmut saß in mir fest und rührte sich kaum davon, wenn ich mit meiner Pfeife und einem Buch mich ins Gewölk zurückzog.

Das Reich der Fremde wuchs im Zwillingsland. Ich verfiel zuzeiten darauf, auf das Ungeborne eifersüchtig zu werden, weil ich nicht mehr der Mittelpunkt bei Frauchen war. Der Mann wurde an den Umkreis geschoben; die Mutter siegte in Frauchen über die Liebste. In mir aber hatte der Vater noch nicht den Mann überwunden. Zeitweilig schmollte ich wie ein verwöhnter Junge, der sich vernachlässigt fühlte.

»Ich bin gar nicht froh«, weinte Frauchen und bewirkte, daß ich mich alsbald mit Kraftausdrücken belegte nach Wildendorner Art: »Mistgeburt, Mondkalb, Gewitterhund!« Vorm »Teufelsuntier« aber stockte ich und hatte mich erleichtert.

Wir gingen allwöchentlich nach Hasselbach. Frauchen schloß sich eng an die »Gevattersche« dort an und ließ sich als »Älteste« adoptieren. Die Weiberleute hatten viel miteinander zu bereden. Ich hielt mich am Hasselbächer Luis, der alles schon durchgemacht hatte, was mir neu war.

Wir standen auf seinem volkreichen Hühnerhof. Mein Herzensbruder war ein großer Federviehnarr und stolz darauf, wie wirtschaftlich er die Hühnerzucht betrieb. Die Hühnerjahrgänge waren durch die Farbe ihrer Fußringe unterschieden. Es gab ein- und zweijährige, außerdem »alte Tanten, die keinen Doktor mehr brauchten, weil sie bald eines natürlichen Todes starben«.

Über den Hintersinn dieses Ausspruchs klärte mich der Hasselbächer auf. Nämlich, der Bürgermeister von Hellenhahn war jüngst aufgefordert worden, dem Landratsamt zu berichten, wie viel Leute im Dorf eines natürlichen und wie viel eines unnatürlichen Todes gestorben seien. Er schrieb zurück: eines natürlichen Todes sei nur der Branntweinhannes gestorben. Denn er habe sich aufgehunken. Die andern hätten alle den Doktor gehabt.

Indes ich meine Lust hatte an der Bürgermeisterweisheit, hatte der Hasselbächer ein schweres, goldgelbes Huhn im Aug, das, anscheinend mit bösem Gewissen, den Weg zur Hühnerleiter nahm. Ich merkte noch nichts, weil der Hasselbächer noch übersprudelte von einem neuen erbaulichen Spruch, daß das Menschenleben der Hühnerleiter gleiche. Der Schalk hatte aber die Hühnertante im Verdacht, daß sie die Missetäterin sei, die ihm die Eier im Nest auspickte und auffraß.

Er ließ sie eingehen ins Hühnerhaus, sperrte ab und kam mit der Wehklagenden hervor, um sie sachverständig zu untersuchen, ob sie ein legereifes Ei bei sich trage oder nicht. Sein Verdacht war unbegründet. Die Unschuld der Hochblonden kam unzweideutig an den Tag, indem ihm das geängstigte Tier sein Ei gleich blutwarm in die Hand legte.

Um dieses Anblicks willen nannte ich meinen Hasselbächer künftig den »Hinkelsgriffer«.

Während die gekränkte Hühnertante sich laut über die menschliche Behandlung entrüstete, bis ihr Gebieter vor ihr in die Sporen trat, wurde mir wohl. Ich seufzte: Wenn`s mit dem Kinderkriegen doch ebenso »leichtfertig« ginge wie bei den Hühnern!

Wiederum wandelten wir aus dem Scherz in den Ernst hinein. Wir gingen im Garten zu etlichen Vogelnestchen und waren, indem wir auf den Zehenspitzen in die Wochenstube von Blaumeischen, Fink und Rotschwanzchen sahen, ganz bei der Sache, die mir anlag.

Der Hasselbächer sinnierte: »Mich bewegt es immer, wie sicher die unvernünftige Kreatur in ihrem Gehorsam ist gegen die ihr innewohnende Notwendigkeit. Der Mensch aber – vulgo Mathias Hirsekorn – wird für seinen Gedankenhochmut mit Sorgen geplagt, weil er unzeitgemäß ist, als sei das Mutterwerden eine Krankheit und die Geburt eine Operation. Uns Männern sind die feineren Sinne für solche Wahrnehmung noch tiefer verschüttet. Wir gehorchen am schwersten, weil uns die Gewalttätigkeit im Blut steckt. – Dein Frauchen aber folgt jetzt der Weisung ihres obersten geistlichen Konsistoriums, wenn sie dich ins zweite Glied zurücktreten läßt«.

Wir standen unter der Silberpappel, deren schimmerndes Blätterkleid der Sonnenwind aufkräuselte, während der spitze Kirchturmhut fromm herüberschaute.

Aber dennoch war eine Grausamkeit in solch uprünglichem Gehorsam meines Weibes; ein Entrücktsein ins Zeitlose, das den Augenblicksmann hinter sich ließ, nachdem er seine Schuldigkeit getan.

Ich kam mir überlistet vor durch die Natur.

Die Nacht saß auf dem Lungenschinder-Küppel vor Hasselbach. Die Wegbäume standen gesträubt wie Haarbüsche. Aus dem schwarz verschlossenen Waldreich im Dornbachtal riefen sich die Käuzchen zu als Nachtwächter.

Ich hatte Frauchen alles gebeichtet. Sie legte beide Arme um meinen Hals und preßte mich an sich, daß ich ihr klopfendes Herz spürte.

Ich war doch ihr Anhalt und Beschützer auf dem dunklen Weg. Noch stärker war jetzt ihre Gebundenheit an mich, die Frauchen wie ein Urerlebnis aussprach: »Ich habe ein Kind von dir«.

9. Als ich der Ammfrau die Schuhriemen löste.

Der Austmond kam und der Sonnenfinger strich über die Schärfe der Eichel, daß die Blitzfunken stoben.

Ich hatte der »Ammegoll« die Ansprache gehalten. Goll hieß in Wildendorn die Patin eines Täuflings. Seit vier Jahrzehnten kam kein Menschlein im Dorf an, das nicht Hekkeantons Sanne »holte«. Darum stand sie in einem Verwandtschaftsverhältnis zu ganz Wildendorn und hieß die Ammegoll.

Den Arzt, der zweieinhalb Wegstunden abseits wohnte, im voraus zu bestellen, war der Ammegoll nicht »anständig«. Ich sicherte mir aber die Möglichkeit, ihn im Notfall durch Fernruf zu erreichen.

Wir waren in unsrer Ahnungslosigkeit leichtsinnige junge Leute, versäumten sogar, uns der Hilfe von Frauchens Mutter rechtzeitig zu vergewissern.

So lieferten wir uns dem Vorwitz des lebendigen Paketleins aus, das sich frühzeitiger bestellen ließ und uns durch seine Ankunft überraschte. Am Samstagabend hatten wir bei den ersten Anzeichen noch im Garten gescherzt. Der Vollmond ließ mit breitem Schmunzeln seinen Bart über die Pfarrwiese fließen. Das Bächlein gluckste durch die Nacht, als trinke es sich selber.

Da empfing Frauchen die Botschaft, die ihr Gesicht schmerzlich verwandelte. Bald ging ich aus dem Haus, die Ammegoll zu holen. Auch unsre hilfreiche Schusterjette kam.

Die Alte war über die Siebzig, breit und steif wie eine Stubentür. Als sie meine Schwelle überschritt, war sie die Hauptperson. Die Frauen waren in ihrem angestammten Reich. Das Mannsbild war überflüssig und konnte nur Frauchens Hand halten.

Ammegoll ächzte mit Nachdruck. Da sie sich auf eine lange Nacht rüstete, wolle sie Filzpantoffeln an ihre gichtischen

Füße ziehen. Sie konnte sich aber nicht so tief bücken, ihres Alters und Leibesumfangs wegen.

Sie ächzte noch deutlicher und heischte mich mit den Augen an. Ich verstand ihr Begehen noch nicht, weil es für meine Mannesherrlichkeit zu entlegen war.

»Pärrner, zieht mir die Schuih aus!«

So begann ich die Schule des Gehorsams und beugte um meines stöhnenden Weibes willen meinen Männerstolz. Ich löste der Ammegoll die Schuhriemen, dabei gedenkend, wie mein Herr und Meister vor seinen Jüngern kniete und ihnen die Füße wusch. Was aber die Ammegoll von mir nicht begehrte.

Es war eine atemstille Nacht, die jeden Laut aufnahm und des Baches Auswendigmurmeln bis in die Stube trug. Die Tanne verstand alles richtig und flüsterte darein. In Schäferjakobs Stall brüllte eine Kuh und rasselte an der Kette. Wenn dann der Ziegenmelker von der Hub ins Dorf rief, hatten alle Nachtgespräche die gleiche Bestellung.

Sie waren an uns gerichtet, sonderlich an Frauchen, die sich so tapfer hielt und unter Schmerzen mir dankbar zulächelte, wenn ich ihr den Schweiß von der Stirn wischte.

Ich hatte die Ammegoll mit List in die Küche gelockt und bei den gefüllten Kaffeetopf gesetzt. Frauchen hatte mich mit den Augen darum gebeten. Denn das alte Maulleder tratschte unaufhörlich und holte alle Schwergeburten ihres tatenreichen Daseins zum zweitenmal. Dabei schwatzte sie sich dermaßen in Rührung und Schauder, daß Frauchens Augen schreckensweit offen standen. Auch mir ging ein Sinn auf wie feuerrotes Licht in dunkler Nacht. Ich sah nach einer Himmelsrichtung, nach der ich noch nicht ausgeschaut und sah ein unergründliches Schicksal nahen mit erhobenen Händen. Was sie darboten, mußten wir empfangen. In gleicher Schwebe über unsern Häuptern waren Leben und Tod gegenwärtig.

Frauchen war durch ihren körperlichen Zustand beschäftigt und abgelenkt. Ich aber erfuhr, los und ledig, was es heißt: »Du sollst mit Schmerzen Kinder gebären!« Meine eigenwillige Männerstärke war festgehalten auf dem Stuhl am Bett und sollte die eigene Ohnmacht spüren. Dabei entsann ich mich, daß ich als zehnjähriger Knabe, aus dem Schlaf auffahrend, etwas von der Geburt meines jüngsten Bruders vernommen hatte. Ich weckte meinen Schlafkameraden, der um zwei Jahr jünger war: »Wir kriegen ein Kind!« Der aber widersprach schlaftrunken: »Es schreit eine Katze«. Um mein Bett standen unbekannte Geheimnisse wie eine Wand, über die ich nicht hinwegschauen konnte. Ich hörte nur Stimmen in der Wohnstube. Das dünne Kinderstimmchen und des Vaters Stimme und eine fremde Frauenstimme, die zuversichtlich laut bei uns war mitten in der Nacht. Der Mutter Stimme hörte ich nicht.

Nun wurde ich eingeweiht. Mitternacht war längst vorüber, aber die Gespensterstunde dehnte sich aus. Alle Ängste hatten Freizeit. Während Frauchens Pein bis zum Zähneklappern stieg, kam ich mir wie ein Übeltäter vor, der den Unschuldigen leiden ließ und selber frei ausging.

»Der Herr wird uns doch nicht verlassen?«
karmte die Ammegoll.

Der Lampenschein umgrenzte das Gefängnis eines zerknirschten Mannes, der nach einer rettenden Tat vergeblich sich zerquälte. Ich krampfte die Hände zusammen wie ein Beter ohne Worte. Mir war der Mund verschlossen, nicht aus Trotz, sondern im Bann der gegenwärtigen Übermacht.

Endlich erblaßte die Nacht vor einer silbergrauen Hand, die sich weither durch die Wolken schob und die Feste des Himmels von der Erde schied. Ein Hahn krähte so dringlich, daß sein Wächterruf den Anbruch des Jüngsten Tages vorbedeutete.

Die Entscheidung war da! Der Mund der jungen Mutter verstummte. Wir lauschten einer märchenhaften Wirklichkeit, dadurch diese überlebendige Nacht gekrönt wurde mit einem Wunder.

Der erste Schrei unseres neugebornen Kindes!

In jähem Wechsel schluchzte Frauchen vor unfaßbarer Seligkeit. Alle Not war vergessen, weil das Leben Auferstehung feierte.

Ich trat ans Fenster mit wankenden Knien. So hatte ich die Sonne noch nie aufgehen sehen. Ich war mitten darin in der leuchtenden Freudenbotschaft, mitten im Vogelsang und der tauglitzernden Farbenpracht des Lebens.

Die Welt war neu geboren und sprach mit Schöpferkraft: »Du bist Vater geworden!«

»Mutter!« sagte ich zu Frauchen.

Ich mußte mich hinsetzen und
wischte mir den Missetäterschweiß.

Aber geschäftig laut nahte die Hauptperson und behauptete siegreich das Kampffeld. Die Ammegoll wollte gelobt werden. Sie trug mir das frisch gebadete Menschlein vor die Augen, als wäre es ihr Werk. Das wohlgebildete Körperlein mit den wunderzarten Gliedern! Und einen ganzen Kopf voll schwarzer Haare!

Dies alles war der Ammegoll zu denken:

»Hie seht, Pärrner, alles am richtigen Platz, was zum richtigen Menschen gehört!«

Erst später verstand ich die Tragweite des mich selbstverständlich dünkenden Ammengeschwätzes: Ein völlig gesundes Kind!

Nur, das neue Menschlein war krebsrot und hatte als erstes dringliches Anliegen auf der Welt eine Beschwerde wegen schlechter Behandlung anzubringen.

10. Herr Pärrner, die Nachtsruh`is hin!

Ein Sonntagskind im Pfarrhaus! Das hatte seine dienstliche Schattenseite. – Der Hasselbächer stellte einen Mangel an Erziehung bei dem Neugeborenen fest, weil es keine Rücksicht auf die Predigt nahm.

Ich schleppte mich wie zerschlagen in allen Gliedern auf die Kanzel und hatte Mühe, mich auf meinem vorgezeichneten Gedankenpfad zu halten bis zum Amen.

In Wildendorn war die Ankunft eines neuen Menschleins Gemeindeangelegenheit. Pfuhls Hanjer mit dem Wackelkopf, dessen Anblick ich während der Predigt meiden mußte, hielt mich nach dem Gottesdienst an meinem Mantel fest und nickte mir zur Abwechslung zu:

»Nun ist wieder ein Kind in Pärrnersch Haus!«

Das Kind war ein neues Bindeglied, es war »aus dem Dorf« und nicht wie wir aus der Fremde zugezogen.

Im übrigen verfielen die Wildendorner mit Begierde auf die Gelegenheit, sich über Pärrnersch Leut`zu verwundern. Unsre hilfsbereite Schusterjette entsetzte sich, daß wir das Namenlose »Diddy« nannten. Die Wildendorner hießen die kleinen Ferkel Diddy. Sie selber bezeichnete unser kleines Mädchen als ein Moldrüffchen« wegen seiner schwarzen Haarfülle. Das bedeutete Maulwürfchen.

Wir hatten bald Elternsorgen und kämpften mit Ernährungsschwierigkeiten für das Kind. Es war ein ewiger Hungerdarm und Frauchen konnte es nicht still machen. Sie war selber beinahe krank gepflegt worden, als man ihr am Tag ein Dutzend rohe Eier eintrichterte.

Nun hetzte ein Schreckgespenst die Mutterliebe, die noch nicht begriff, daß Schreien auch gleichbedeutend mit Spazierengehen sei bei kleinen Kindern. Als rettender Engel bot sich die Klaasefrau an, die um dieselbe Zeit ihr sechstes Kind empfing und Nahrung für zwei hatte. Als ich dem Großvater ihre Anwesenheit im Haus erklärte, nannte er sie in seiner behutsamen Art: die Milchfrau.

Die Milchfrau wunderte sich am meisten über unsere Umständlichkeit. Daß wir uns soviel Arbeit mit dem Kinde machten, es täglich badeten und dergleichen Dinge mehr, die zur Sauberkeit gehören! Auch verachteten wir den beliebten Wildendorner »Stopfen«, den Schnuller aus einem »Placken« Leinwand, ein wenig Butter und Zucker, damit den Schreihälsen der Mund verstopft wurde. Klein Wildendorn lutschte mit Begeisterung am Stopfen.

»Wie kämen wir Bauersleut` sonst mit der Zeit zurecht?« Wenn im Klaasehaus der Milchbruder Moldrüffchens seinen Stopfen hatte, wurde er eingewickelt. Dann blieb »bis zum Morgen alles beisammen«.

Lauter Weltbegebenheiten, die das Tagesgespräch bildeten.

Schließlich wurde mir selber zuviel, was unser neuer Haustyrann uns zumutete. Nicht nur, daß er unsern Haushalt umkrämpelte, ihm wohnte ein revolutionärer Trieb inne. Obwohl Moldrüffchen noch im »dummen Vierteljahr« war, hatte es schon Gewohnheitsrechte, die es mit der Unerbittlichkeit eines Gläubigers einklagte. Wir ahnten nicht, welchen Streich uns die Ammegoll spielte, als sie das Kind daran gewöhnte, in Schlaf gefahren zu werden. Ehe die Kutsche nicht in Bewegung war, war die Prinzessin nicht geneigt, ihr Schlafmummelchen zu finden.

Wehe, wer ihr das Recht streitig machte oder nur verkürzte! Dann war das Wurm seiner Stimme nach sein zweiter Vater und trachtete sich die Schwindsucht an den Hals zu schreien. Frauchen befürchtete einen Nabelbruch für den kleinen Schreihals.

Wenn von dem himmelschreienden Unrecht das ganze Haus voll war, blieb keine Wahl als der Wildendorner Fundamentalsatz aller Kindererziehung: Tu dem Kind den Willen!

Bald versuchte ich`s mit dem Galgenhumor und kutschierte unter Begleitung eines blödsinnigen Singsangs – aus dem sofort ein neues Gewohnheitsrecht wurde – Moldrüffchen in den Schlaf. Aller pfarrherrlichen Vorrechte bar, stahl ich mich wie ein Dieb auf den Strümpfen aus dem Zimmer hinaus , klinkte leise, leise die Tür ein und bangte, ob mich das kleine Ungeheuer entweichen ließ.

Wenn`s dann, wild erbost, aufquälte, fing ich die Litanei von vorn an, die ich unsrer Schusterjette abgelauscht hatte.

Hopple, hopple Häschen!
Der Gickel beißt ins Gräschen.
Die Katze schlappt die Milch im Haf:
Schlaf, Äugelchen, schlaf!

Bisweilen aber packte mich die unvernünftige Hitze wegen der mißglückten Flucht. Ich ließ das Gefährt so gewalttätig über die Dielen schnurren, daß der Säuglingskopf ärger wakkelte als bei Pfuhls Hanjer.

Daß ich Moldrüffchen nicht den Verstand verschaukelte, war nicht mein Verdienst.

Spitz Zottelohr hatte recht mit seinem Mißtrauen: Was wir uns und ihm mit dem neuen Hausgenossen aufgeladen hätten? Er schnupperte heraus, daß er abgesetzt sei. Nicht einmal freies Bellen nach Herzenslust war ihm gestattet, wenn Moldrüffchen im »Heiobett« lag.

Selbst nachts hatten wir keine Ruhe vor dem Quälgeist. Der Hasselbächer hatte mir mitgeteilt, was ihm ein Wissender ehemals prophezeite: »Herr Pärrner, die Nachtsruh`is hin!« Ich büßte nachts meine sämtlichen Wildendorner Schrohheiten ab, die ich mir in dem rauhen Bergland angewöhnt hatte.

Mein Kindlein hatte es drauf abgesehen, mich zur Selbstverleugnung zu erziehen. Frauchen bedurfte der Schonung; auch war es »auf sie geboren«, daß sie äußerst schwer noch zu sprechen war, wenn ihr Kopf die waagerechte Lage eingenommen hatte. Ich dagegen fuhr beim ersten Weckruf in die Höhe.

Heil dem Soxlethapparat und der Spiritusmaschine! Ich hätte sie am liebsten gegen die Wand gekracht – und mußte sie sänftlich bedienen. Ich focht unter dem Heldenzorn Moldrüffchens einen Kampf aus mit heimtückischen Gegenständlichkeiten. Bald war das Fläschchen zu heiß geworden, bald hatte sich`s zu stark abgekühlt. Endlich ergab die Probe am Augenlid, daß die Fütterung beginnen dürfe.

Um mich zu erleichtern, höhnte ich das kleine Wildendörnchen aus, indem ich ständig wie ein Dauerredner wiederholte: »Die Bevölkerung sah dem Schauspiel mit einer an Grausamkeit grenzenden Gemütsruhe zu«.

Es war ein zähes Ringen, in dem ich endlich absiegte, als sich Moldrüffchen gekräftigt hatte und die Gefahr der Hungersnot beseitigt war.

Dann half alles Zetern meinem Widerpart nichts mehr. Nun war ich unerbittlich, selbst Frauchens Flehen erweichte mich nicht. Ich schob die Ruhestörung am Abend wohlversorgt in das Wohnzimmer und sagte: »Gehab dich wohl bis morgen!«

Nach einer Woche fand sich unser Quälgeist mit der Neuordnung der Welt zurecht und hatte keine Gelüste mehr nach nächtlichen Mahlzeiten.

11. Meine erste Lügengeschichte.

Schon den langen Winter hindurch hatte mir ein geheimes Drängen zu schaffen gemacht, das wie die Raben überall umherlungerte, immer bereit aufzufliegen und wieder da zu sein. Ich konnte mit dem Verstand nicht ergründen, was in mir vorging.

Es war kein Rückfall in die Verstädterung. Eher war ich in meine neue Heimat verliebt. Meine sprachlose Umwelt war ins Reden gekommen und hielt mir beim Begegnen nach Wildendorner Höflichkeit die Ansprache. Auch das Dorf war ein redender Mund uns gegenüber. Meine Leute ließen ab, sich noch mit Schuldeutsch Zwang anzutun.

Fuhr Frauchen das Kind aus im Sonnenschein, dann mußte jeder Wildendorner in meines Dekans Weise selbstverständlich werden: »Wollt Ihr ein wenig fahr`n? Oder, wenn`s hochkam, lautete die Zusprache: »Wetter für die kleine Vögel?« Meines Frauchens Aussehen entlockte den Wildendornern gar die Schmeichelei, daß die Pärrnersche eine Dorfschönheit geworden sei. Sie war nicht mehr so zaundürr wie bei ihrer Ankunft und hatte sich, was Wildendorner Verdienst war, »gut geartet«. Dem Westerwälder Geschmack war Rundlichkeit und Schönheit gleichbedeutend. Frauchens Seufzen, weil sie so auseinandergegangen sei, erregte Widerspruch. Als Schusterferdinand ihr Gewicht feststellte, war er hoch befriedigt: »Was ein recht Weibsmensch ist, muß soviel wiegen!«

Auf mich wirkte diese ununterbrochene Ansprache so stark, daß ich sie auf meiner Stube fortsetzte. Jeder Klang, jedes Wortbild prägte sich ungewollt, aber peinlich genau meinem Gedächtnis ein. Ich führte schon laute Selbstgespräche, daß Frauchen sich wunderte, wen ich bei mir habe. Oft klang es ihr wie das heilige Murmeln am Samstag, wenn ich meine Predigt lernte.

In der Übung meines Unterhaltungs- und Nachahmungstriebs verwob sich traumartiges und wirkliches Erleben und schuf einen seltsamen Zwischenzustand, der mich anfüllte. Zumal in die Natur lebte ich mich ein wie ein Weib in des Mannes Lust und Sorge. In mir spiegelte sich die Inbrunst der Heide, die sich grenzenlos sehnsüchtig himmelwärts streckte, bis in seliger Versunkenheit Himmel und Land Hochzeit feierten zur Zeit der Heideblüte und ich mit Bienen und Käfern in den Bund der Lebensgemeinschaft aufgenommen wurde. Und ein andermal kam ich dazu und fand die Heide unter Wolken in so endlose Schwermut ergossen, daß jeder Wacholder und Wilddorn und jeder schwarze Stein der Welt Sünde trug.

Zu solchen Zeiten vergaß ich mich und dachte nicht ans Heimkommen. »Was hast du?« fragte Frauchen und schaut nach mir aus.

Vielleicht hatte ich mich zu gut unterhalten. Ich schlürfte einen Zaubertrank und atmete allenthalben das Lebendige wie Gottes Nähe. Ich brauchte schon längst nichts mehr hinten im Sack zu lassen.

Kein Wunder, daß meinen Leuten die Welt von Geistern belebt war. So kam der Fuhrmann Hanphilipp spät ins Dorf und platzte mit der Geißel von einer Hauswand zur andern. Er hatte mehr geladen als Krämerware.

Wohin ich verreisen wollte mitten in die Nacht hinein?

»Nur bis zur Struht, Hanphilipp!«

»Da bleib der Pärrner rechter weit weg!« Denn dorther kam soeben der Hanphilipp. Die Pferde schnauften kraus und der Wagen kam von selber ins Laufen. An der Struht war's nicht geheuer. Zuzeiten hielt dort wer an um Gottes Barmherzigkeit, als habe er die ganze Welt betrübt.

Um so mehr trieb's mich hin. Ich war voll von sehnsüchtigem Lebensdrang, denn die Sterne zackerten im ewigen Himmelgrund wie die Wildendorner auf ihrer Gemarkung, blinkten mir zu und blieben unnahbar fern.

Spitz Zottelohr, der querfeldein kläffte, war mein Anhalt im Diesseits.

So nahte ich der Struht, die eine Treppenstufe der Hochebene ist und am Tag eine weite Schau hat bis ins Hinterland. Jetzt aber stand dort das Tor dem Unergründlichen weit offen, daraus mich ein kühler Wind anwehte.

Seitlings sperrte sich der Wald als ragendes Bollwerk der Nacht.

Ich wähnte am Rand der Erde zu stehen. Mein Herz pochte dem unendlichen Gegenüber hörbar zu. Ich war ertappt in meiner Winzigkeit und dennoch gesegnet.

Plötzlich vernahm ich aus dem Wald ein langgezogenes Ächzen, wie aus der Brust eines Schwerverwundeten. Zugleich berührte Zottelohrs Schnauze meine Wade und vergewisserte sich meiner Menschennähe.

Mich überkam ein Grauen, das riesenmächtig an dem schwarzen Wald lehnte und mit ausgestreckten Händen mich blind betastet, weil ich ihm ausgeliefert war.

Zum zweitenmal ächzte die Pein noch deutlicher. In ihr war das gesamte Erdenleid beschlossen, da nirgend Erlösung wußte aus dem Gefängnis.

Die Sterne funkelten lüstern himmelab. Ein Nebelstreif schwebe herzu, hob sich und winkte.

Zum drittenmal ließ sich das
erbarmungswürdige Stöhnen vernehmen.

Vielleicht wären mir wie meinen Leuten die Beine von selbst ins Laufen gekommen, wenn mich das Wimmern meines Hundes nicht an meine Menschenpflicht gemahnt hätte.

Wie, wenn dort kein geplagter Geist, sondern ein Verunglückter umsonst auf einen Samariter wartete? Dann ging der Priester und Levit vorüber und dachte nur an sich.

Und am nächsten Sonntag stellte selbiger sich hin an seinen vornehmen Platz und machte vor allen Leuten eine dicke Brust und ließ »seine Stimme armdick zum Hals herausschlagen«, wie die Wildendorner von ihrem Pärrner rühmten.

Aber der Herr Jesus Christus hätte ihm dann besonders die Schrift ausgelegt und ihm den Mund verboten, weil einer, der das Amt der gütigen Bruderhilfe hatte, ihn verleugnet habe.

In solcher Erwägung war ich nicht mehr verlassen und schritt in den verschlossenen Wald, obwohl das Grauen mir in den Bart blies. Das laute Stöhnen wies mir leicht den Weg. Ich stolperte über Gewurzel und Steine im Dunkel, stand und lauschte und drang wiederum durch Gestrüpp, während ich vergeblich dem Pochen meines Herzens Mäßigung gebot.

Jetzt seufzte das schaurige Ächzen dicht bei mir. Es kam aber nicht vom Erdboden, sondern stöhnte über mir aus halber Baumhöhe.

Danach habe ich den Spuk entdeckt. Eine Luftwelle wogte heran und bewegte den Wald. Es scheuerten sich zwei starke Äste aneinander und ahmten die menschliche Qual täuschend ähnlich nach.

Trotzdem lachten meine Leute hinterher nicht über ihren Aberglauben. Ich stieß mit meiner Aufklärerei auf mißbilligendes Schweigen. Dort ging ein Christenmensch nicht hin, sondern ließ den Fürwitz. –

Von solcher Überlebendigkeit war ich umgeben. Sie drang durch alle Poren in mich ein und hatte nicht Platz in mir.

Da sprach Frauchen eines Tages in meiner Stube, während Spitz Zottelohr hinterm Ofen hervorkam und die Tanne mit dem Gehänge ihr zustimmte:

»Mathias, entweder nimmst du es mit der Wahrheit nicht genau oder es steckt ein Dichter in dir«.

Sie hat mich angeschaut, als sähe sie mich heute zum erstenmal und setzte nachdenklich hinzu: »Ich glaube, du mußt immer eine Fortsetzung dazu machen, wenn du etwas erzählst«.

Frauchen hatte meinen Zustand entdeckt, bevor ich mich selber erkannte. Es drängte etwas in mir, das schuf mir Pein, weil es eingesperrt blieb. Das Bild der sich reibenden Äste paßte auf mich selbst.

Schon als Knabe habe ich den Vorwurf hinnehmen müssen: »Dem kann man alles zweimal glauben«. Ich suchte keinen Vorteil dabei, aber ich konnte nichts wortgetreu wiedergeben, ohne in die Versuchung zu geraten, den Vorfall zu verschnörkeln. Ich war dessentwegen oft beschämt worden und hatte Prügel empfangen. Wenn ich ertappt wurde, gestand ich erschrocken meine Verfehlung ein. Aber wie an verbotenen Früchten naschte ich immer wieder »am erlogenen Kram«.

So konnte ich mich in meinen Schulaufsätzen schwer an das halten, was durchgenommen war. Überm Hinschreiben wurde trotz bester Vorsätze alles anders. Meine Phantasie verdarb mir die Note. Im Reifezeugnis hatte ich im Deutschen »genügend« mit der Begründung: Er versteht ein Thema im ganzen sprachlich korrekt durchzuführen.

Wegen meiner Lügenhaftigkeit war mir mit Erfolg ein schlechtes Gewissen anerzogen worden.

Nun aber begab ich mich mit Eifer daran und ließ die Geister aus mir heraus. Mir wurde wohl, als ich meinem Spiel- und Mittelungsbedürfnis ungehemmten Lauf ließ und meine erste »Lügengeschichte« schrieb.

So wurde ich ein närrischer Kauz im Philisterland – ein Dichter!

12. O Männerrunde, o Wällerkranz!

Niemand weiß im Niederland, wer die Freiherrn sind auf dem hohen Wald. Sie leben im Unbekannten wie alle, deren Reich nach dem Vorbild der Kinder, der Traum- oder Gottseligen nicht von dieser Welt ist.

Die Kiebitze schwirren auf der hohen Heide und schrillen: Wir sind`s! – Es soll ihnen gestattet sein, sich so freiherrlich zu gehaben, wie sie mögen. Die Kiebitze fliegen uns aus dem Weg, wenn wir uns von fern erblicken lassen. Auch die großen und kleinen Winde sind die Herren nicht, obwohl sie als Fuhrleute allerwege freie Fahrt haben.

Selbst der Riese Woost darf uns als Wegelagerer nicht hindern, wenn wir allmonatlich unser Fest feiern in der Männerrunde.

Im Wäller Kranz!

Wir nennen uns selber schlechthin die Kränzchensbuben. Wir feiern unser Fest, wo es uns beliebt und wenn`s ein schlichtes Dorfwirtshaus ist und Pittersch Haus zu Drieruff heißt. Der Wällerkranz hat nicht nötig, in einem Rittersaal zu tagen, um seine Freiherrlichkeit glaubhaft zu machen. Es stört uns nicht, wenn zu der niederen Schenkstube der Stallmüffz nachbarlich Zutritt hat.

Auch entbehren die Brüder kein ausgesuchtes Festmahl. Wer stundenweit über die Heide ging, dem schmeckt Kaffee und Schwarzbrot und alles was das »vollkommene Weibsbild«, die Luwies, auftischt. Sogar ein Trunk Herwersch-Bier, das Geist und Leib zu Taten anreizt.

Nur der Hasselbächer Hinkelgriffer schleckt ein Gläschen Piesporter Mosel, weil er am Vorkopf der Festtafel sitzt auf dem krachenden Ledersofa.

Alles Äußerliche ist Nebensache. Wir Kränzchensbuben sind trunken von unserm Zusammensein. Denn wir sind wirklich und wahrhaft »unter Menschen«. Um solcher adeligen Seltenheit willen lassen wir uns nicht abhalten vom rauhen Besenstrich des Regens. Wir ziehen im Winter stundenlang geduldig Bein um Bein aus knietiefem Schnee, bis wir aus allen vier Himmelsrichtungen uns zusammengefunden haben im Höllkopfer Weltwinkel.

Wo die Welt mit Brettern zugenagelt ist, gedeihen menschliche Zusammenkünfte am besten. Und wenn's nur fünf, sechs Kerle sind, nicht in Samt und Seide, öfters aber quatschnaß oder mit Eisbärten, macht jeder einen Krach für drei, weil in ultima Thule zu finden ist, was man in der Großstadt vergeblich mit der Laterne sucht: der Mensch unter Menschen!

Es ist verständlich, daß für so hohe Feste wiedergefundener Menschlichkeit die Wände zu eng sind. Dessentwegen quillt Rauchgewölk aus dem Mund etlicher Brüder, damit die Kränzchensbuben bald unter die Wolken entrückt sind.

O Männerrunde, o Wällerkranz! Was ist köstlicher, Männerfreundschaft oder Frauenminne?

Frauchen sagt: Es gibt Dinge, die können Frauen nur mit Frauen besprechen und Männer nur mit Männern. –

So ein Kollegium wird nicht gegründet wie ein Kegelklub. Ich bin über die Heide gegangen und habe den Wällerkranz aufgefunden wie ein Nest mit gesprenkelten Kiebitzeiern. Eine gütige Hand hat mir`s vor die Füße gelegt.

Im Buch der Chronika des Kränzchens, einer Geschichtsquelle ersten Ranges, sind Taten und Meinungen der Männer aufgezeichnet. Im Lauf der Jahre ist das Röcklein der Chronika verblichen und aus den Nähten gegangen; auch hat Nässe und mancherlei Unbill ihm zugesetzt. Sein Inhalt aber ist jung, wie wir selber heute im Altwerden sind.

Der Heckenröder, unser Kränzchen-Sezessionist, hat unsre Schattenrisse festgehalten, dazu in Steckbriefform unser geistes Konterfei angedeutet.

Da steht hinter der Namensunterschrift des Hasselbächers: Schimpft über den zackermentschen Storchvogel, der die Kränzchenspfarrhäuser auf dem Strich hat und die letzte

Tagung zur traurigen Sitzung alter Knochen machte, die den Gevatter Langbein nicht mehr zu fürchten haben. –

Und der Überntaler: Liest zwar sehr schön vor, ist aber im übrigen als männliche Altjungfer so langweilig wie immer.

Der Katzenfurter Rabbi St. Jakob: Wird, obwohl sein unsterbliches Werk »Religion und Kunst« einen Verleger gefunden hat, von gänzlich ungeistlichen Nervenflöhen heimgesucht.

Der Drieruffer aber: Haut die Liberalen und Protestantenvereinler dauernd geistig um die langen Eselsohren.

Der Heckenröder selber: Schreibt und zeichnet sich die Augen blind, weil sich rechts und links von ihm zwei Rauchschlote häuslich niedergelassen haben.

Und der Wildendorner: Verspricht, auch abgesehen von seinem roten Bart, der schroheste unter den schrohen Kerlen zu werden. –

Kränzchensbuben, wo soll ich anfangen und wo aufhören? Im Buch der Chronika ist das hohe Fest der Wöchner verzeichnet. Der Heckenröder und der Wildendorner haben was geleistet. Darum bekommen sie eine Tasse Kaffee mehr als die übrigen.

Im ersten Teil des Festes gibt`s »schlecht Geschwätz«. Will sagen, daß jeder erst los sein will, was er vier Wochen lang bei sich behalten mußte. Was einer in Haus und Gemeinde erlebte und womit er allein nicht fertig wurde. Stellt sich heraus, daß auch die anderen Buben so geplagt wurden, kratzt man sich gemeinsam hinter den Ohren »über die immer noch nicht hinreichend geklärten Hintergedanken Gottes bei der Weltschöpfung«.

Der Hasselbächer setzt hinzu: »Ihr Buben, ich hätte mir die Arbeit mit der menschlichen Rasselbande nicht gemacht, wenn ich der Herrgott wär«.

Dem Rabbi St. Jakob ist der Zwicker vom Nasenrücken gefallen. Er stöhnt: Wenn er nur eine einzige Nacht durchschlafen könnte. Er wohnt auf dem untersten Treppling der hohen Heide und ist gestern schon heraufgestiegen, weil nur noch um den Höllkopf herum »Luft« ist.

Ihm nickt der Überntaler, der selber ein schwacher Schläfer ist, still zu. Seinen treuherzigen Pinscheraugen ist anzumerken, daß er schon verlänglich ist nach dem andern Festteil, dem »wissenschaftlichen Kram«. Darum lobt er, daß St. Jakob sich gegen seine Schlaflosigkeit wehrt. »Mit unsrer bequemen Geduldspredigt machen wir unsre Leute willensschwach«.

Gottes oberster Wille mag auf orientalisch heißen: Laß alles über dich ergehen, auf deutsch heißt er:
Gesund werden wollen!

Weil aber der Heckenröder mit dem schlechten Geschwätz noch nicht fertig ist, reckt er den Zeichenstift: »Halt, Freundschaft! Du selber duckst dich sogar unter den Willen deines Hundes. Wenn dein rassenreiner Dobermann nachts heimkehrt, nachdem er der Veredlung der Überntaler Dorfköter sich liebevoll gewidmet hat, stehst du brav auf und läßt ihn ein. Beliebt`s ihm dann, noch länger aushäusig zu sein, wartest du flötend und frierend im Nachthemdchen unter der Tür«.

Der Drieruffer ist noch zurück bei dem schlafunfähigen Rabbi, der ihm unverständlich ist. »Nicht schlafen?« lächelt er mit der Unterlippe eines Kirchenvaters.

»Er schläft natürlich wie ein Sack in der Mühle. Das kommt von den Kartoffeln und vom inneren Frieden«.

Sie lachen alle, daß die Kaffeetassen klirren und der Drieruffer stimmt ein. Sein Kandidatenrock schließt nur mit dem obersten Knopf. Unterwärts schiebt sich sein Bäuchlein als »pastorales Bewußtsein« vor.

Plötzlich fallen die beiden hohen Wöchner wie auf Verabredung über den ledigen Bursch im Kränzchen her und finden die Unterstützung aller Verweibten. Der Hagestolz soll sich rechtfertigen, warum er nicht heiratete, trotzdem er das »Geriß« hat unter allen Mädchen weit und breit. Statt dessen hat er sich eine echte Bauernstube mit Großväterhausrat zusammengekauft. Im Kränzchenbuch steht der Knittelvers:

Warum hast du alt Gescherr
haufenweise angesammelt,
aber gegen Mädercher
stets dein adlig Herz verrammelt?

Der Hasselbächer spottet seiner selbst: »Er ist der gescheitste von uns allen: Aber, warum soll er`s besser haben als wir?«

Daß es der Überntaler besser hat, bestreitet der Heckenröder, »obwohl der alte Jungferich bei der Taufe keinen Bub von einem Mädchen unterscheiden kann«. Jahrelang hat er sich von der bösen Sieben, seiner Aufwartfrau, mit dem Hahnenschrei von seinem einsamen Lager treiben lassen. Nicht aus Rücksicht, weil das alte Kratzeisen eine arme Witwe war mit sieben Kindern, die sonst zum Reinmachen keine Zeit hatte. Nein! Ebenso hat er sich von seiner Kostfrau für teures Geld Sohlleder als Fleisch vorsetzen lassen. Warum?

»Nicht aus christlicher Nächstenliebe! Sondern ihm widerfuhr die leibliche Trübsal eines mehrfachen Ehestandes, weil alle unerhörten Gebete vieler Mädchenherzen ihm solche Vergeltung auf sein schuldiges Haupt herabbeschworen«.

Der Hagestolz hat das Haupt gesenkt, daß jedermann das Wachstum »seiner warmen Platte« feststellen kann. Er wartet, bis die lauten Krischer eine Atempause machen. Als seine verschleierte Stimme dann hörbar wird, schafft sie mühelos eine Stille um sich, die der Überntaler beliebig weit ausdehnen kann.

Er ist unter dem Geschrei bei einer Menschenfrage angelangt: »Was ist das Nächstliegende? Ihr meint, für den Mann sei immer Heiraten das Nächstliegende?

Wenn aber einer einen kleinen Bruder hat, der als Spätling zurückblieb bei des Vaters Tod? Und es ist kein Vermögen da? Was ist da das Nächstliegende für den Bruder in Amt und Brot? Heiraten, vielleicht auch zu wissen, wen? Oder Vaterstelle vertreten an dem Jungen, ihn studieren lassen und selber Junggeselle bleiben?

Und wenn man danach glaubt: jetzt darfst du an dich denken, ist der Graben zwischen ihm und dem anderen Geschlecht zu breit geworden. Man ist zu steif, um hinüberzuspringen«.

Als der Überntaler sich jetzt umsieht, blickt er in lauter ernste Männeraugen.

Nach einer Weile murmelt der Heckenröder trotzig: »Der Graben wär manchmal nicht überflüssig. Für mich ist jetzt das Nächstliegende, daß Schluß gemacht wird mit der Wöchnerei«.

Unvermerkt hat des Festes zweiter Teil begonnen. Der Ernst läßt sich nicht mehr durch schlecht Geschwätz abhalten, trotzdem der Heckenröder sich vermißt, daß er für künftige Fälle den Gevatter Langbein mit der Spatzenflinte unter der Tür empfangen wolle.

Der Hasselbächer klappert mit seinem künstlichen Gebiß: »Das Nächstliegende, ihr Buben! Wir denken immer erst an das Übernächste und schwören auf St. Maltus von Teufels Gnaden, obwohl bei Pfarrhaus und Schule im Dorf immer noch die meisten Windeln heraushängen«.

Der Überntaler darf ungescheut hinzusetzen: »Das Unmittelbare will uns abhanden kommen und damit zugleich der Glaube an unser Lebensrecht«.

Der Hasselbächer furcht die Stirne von der Brille bis auf den Hinterkopf: »Eigentlich geht's uns zu gut, ihr Buben!«

Von den Männern schaut keiner auf, obwohl ein Gewitter droht für den Heimweg.

Im Heckenröder Pfarrhaus hat die Frau gesagt: »Wenn's umschichtig ginge zwischen Mann und Weib mit dem Kinderkriegen, käme vielleicht nicht das zweite Kind zum Leben, jedenfalls aber nicht das vierte«.

Der Rabbi St. Jokob läuft auf und ab: »Unser Glaube reicht nicht weiter als unser Geldbeutel. Dabei sind wir hochmütig bis in die Haarspitzen: Jeder Junge muß selbstverständlich studieren. Ich sage, bevor wir nicht wieder die Askese schätzen lernen, haben wir kein Recht, andern zu predigen«.

Es ist eine dumpfe Schwere niedergelagert im Festsaal und

die Fliegen haben freie Zeit, auch etwas zu sagen. Um den Höllkopf aber sind steile Wolkenhäupter versammelt, die voll lauter Erregung nicht einerlei Meinung haben. Die Männerrunde hat die Köpfe zueinander geneigt, weil jetzt erst die wahre Beichte anhebt, die ein Mensch sonst nur heimlich vor sich ablegt.

Ob die Sinnlichkeit ein Gottesgeschenk oder vom Teufel sei? Und wie man darüber vor den Leuten predigen soll?

»Wie oft wagen wir`s, frei hinaus zu reden von etwas, was solche Macht hat über Fleisch und Blut? Wir schweigen still davon, weil wir trotz unsres guten Leumunds bei der Polizei selber nicht sauber sind«.

Der Hasselbächer ist über die Jahre hinaus, wo die Wildheit im Blut das große Wort führt. Aber er erzählt, was er jüngst mit Katzenweihers Jost hatte. Der Mann ist ein Quartalssäufer. Fast möchte der Hasselbächer hinzusetzen «leider». Denn so darf der Katzenweihermann nicht auf die öffentliche Säuferliste gesetzt werden, die in den Wirtshäusern aushängt. Im nüchternen Zustand ist er ein gutmütiger Hampel. Wer aber seine Frau, das Jette, vor achtzehn Jahren am Altar stehen sah und sie heute anschaut, erschrickt und hört eine Anklage vor Gott und der Welt.

Fünf lebende Kinder und seit zehn Jahren eine Fehlgeburt nach der andern!

Das Jette hat mit hohlen Augen den Pfarrer gefragt: Ob das des Weibes Bestimmung sei, daß die Frau weniger Schonung erfahre als das Vieh im Stall?

Nein! Mitnichten sei das der Wille Gottes! Aber was sei damit geholfen? Der Katzenweihers Jost hat sich vor dem Pfarrer zur Erde gekrümmt: Wenn das Tier an ihm sei, sei er nicht Manns genug über sich.

»Ihr Buben, seht euch unsre jungen Frauen im Dorf an! Mit dreißig Jahren haben sie fast so wenig Zähne wie ich. Es gibt bei uns eine Sklaverei der Frau in der Ehe! Sie ist Hausfrau und Mutter und Magd im Stall, Knecht auf dem Acker und dann noch des Mannes Liebschaft«. –

Die kinderlose Pittersch Luwies lächelt wie eine Klatschrose zur Tür herein. Sie will sich wundern, was sie für stille Gäste hat. Aber sie klinkt erschrocken ein. Die Männer sehen aus, als habe sie eine große Traurigkeit befallen.

»Wir müßten Männerpredigten halten! Aber was hilft's?« Immer das Amt, das himmelschwere Amt! Sie stecken jedes Mal an demselben Punkt fest. Die Verantwortung ist übermenschlich, andere zu bessern, bevor einer selber aus der Schuld heraus ist.

Und doch muß geläutet werden und um des Sonntags der Leute willen gepredigt werden!

Die Hasselbächer haben noch am alten Gesangbuch festgehalten. Aber ihr Pfarrer gelobt heute, er will den schönen Vers nicht mehr singen lassen: »mein Gewissen beißt mich nicht – Moses kann mich nicht verklagen«.

Trotzdem haben die Brüder getröstet Pittersch Haus zu Drieruff verlassen. Die Kränzchensbuben haben gemeinsam Menschennot gespürt, davon auch die Wolken stöhnen im Gewitter.

Am Galgenstock drückt zum Abschied der Hasselbächer dem Wildendorner fest die Hand: »Bis wir heimkommen, läuft uns die Nässe den ganzen Rückenstrang herunter, als wären wir ein Dachkäntel. Sei's drum! Wir haben wieder unser geistig Messer gewetzt, wenn wir uns auch selber dabei in die Finger geschnitten haben. Den Übntaler aber, der am wenigsten schreiben kann, wollen wir künftig ungestört als Feinschmecker Frauenliebenswürdigkeit frühstücken lassen in den Pfarrhäusern ringsum«.

Was ist köstlicher, Frauenminne oder Männerfreundschaft? Brüder, freut euch, daß es beides gibt!

O Männerrunde, o Wällerkranz! ... Es war einmal! Längst hat das große Nachtwächterhorn der Zeit gruslig dazwischengetutet und niemand fragt mehr in Pittersch Haus: »Wann ist das nächste Kränzchen?«

13. Wacholderbeeren und Schnegelsdippchen.

In der schrankenlosen Weite kamen Himmel und Erde zum lautlosen Zusammenspiel übereins wie Aus- und Einatmen.

Frauchen und ich gingen mit Vorliebe barfuß auf der Heide, weil uns die Berührung mit der Muttererde zum Bedürfnis wurde. Im Dorf trugen wir Sandalen, aber keine Strümpfe. Als Moldrüffchen ein kleines Läuferchen war, quälte es die Mutter, auch »mit barfüße Füß« herumtrippeln zu dürfen. Dadurch wurde unser Geheimnis dorfbekannt.

Das Wildendorner Verständnis vom Wohlanständigen und Würdevollen nahm Anstoß. Meine Leute waren in ihrem Herkommen ebenso verdörflert wie die Stadtleute verstädtert. Unsere Naturschwärmerei dünkte sie »kurios«.

Ihre Naturbetrachtung war lediglich auf den landwirtschaftlichen Nutzwert eingestellt. Der breite Grund von Wildendorn war eine »schöne« Gegend, weil er fruchtbar war und sich gut beackern ließ. So nannten sie eine »schöne Familie«, wenn einer imstand war, alles Land mit eignen Hilfskräften zu bestellen. Nicht einmal sonntags gingen die Wildendorner spazieren. Sie hatten immer einen Zweck im Auge und sahen nach dem Stand ihrer Felder.

Daß eines Sonntagsnachmittags an unserm Badeplätzchen im Wald uns eine Tabakspfeife mit dem dazugehörigen Kopf und Blaukittel überraschte, hatte seine Ursache nur in der Besichtigung der angrenzenden Waldwiese, ob sie schnittreif sei.

Künftig wurde ich als Wächter aufgestellt. Denn Frauchen wollte nicht Susanna im Bade spielen, obwohl sich der Hekkejörg nichts Unanständiges dachte.

Wir waren »Naturmenschen« und wollten nicht steif und zopfig uns gehaben wie alles, was etwas bedeutete im Dorf. Stoffels Mine, die Häuptlingin der Weiblichkeit, ließ vor Staunen fast den Rechen aus der Hand fallen, als sie Pärrnerschleut mit »bläcke Füß« über die Heide lustwandeln sah. Sie dachte sich an unsre Stelle und fühlte sich in Lebensgefahr, wenn ihr dergleichen zugemutet würde.

»Ach du! Ach du! Da meint ich grad, ich ging verspielt!«

Selbst mein biblischer Hinweis verfing diesmal nicht, daß der Herr Christus selber ohne Strümpfe ging und seinen Jüngern ausdrücklich vorschrieb: »Traget keinen Beutel, noch Tasche, noch Schuhe«.

So weit gingen meine Leute nicht mit in der Nachfolge Jesu, daß sie auch das wörtlich genommen hätten. Nicht einmal Uhls Roter, obwohl der in tiefem Nachsinnen mich darob ansah. Die Füße, besonders auch der Hals wurden wie Heiligtümer dick verwahrt.

Nur Bettelvolk, die Mäckeser, gingen blank und bloß wie wir. Bergheckers Annelies rief uns nach: »So `ne Armut in Pärrnerschhaus? Kein Schuih und keine Strümpf!«

Urschels Krischer schrie vom Gewannenweg herüber: ob das als die neuste Mode von oben herunter befohlen sei? – Denn daß wir selber mit freiem Willen so umherliefen, war unglaublich. Aber für einen Dienstmann des Staates, wofür der Pfarrer galt, hieß es: »Wenn ich ihm sage, tue das! So tut er`s«. Vielleicht hatte die Regierung den Pfarrern das Barfußlaufen auferlegt? Irgendwie begegnete ich so meiner Bibelauslegung von den unbeschuhten Jüngern wieder, nachdem sie im Dorf die Runde gemacht hatte.

Wie eng, aber wie lebensvoll ausgewurzelt war die Wildendorner Welt! Finger griff in Finger und hielt fest. Meine Leute waren mein Bilderbuch. Immer gab`s etwas aufzulesen für meine Botanisiertrommel oder den »Pfaffensack, der so tief ist wie die Höll`!« Bald einen Wildendorner Ausspruch, bald Wacholderbeeren für die Küche oder Schnegelsdippchen am Feldrain, bunte Schneckenhäuslein für Moldrüffchen.

Wenn der Kuhhirts Hannes solcher Pfarrersgewohnheit zuschaute, sollte er dann nicht aus seiner Unbeweglichkeit aufgeweckt werden und verwundert den Kopf schütteln? Unser Großvater gar kam bei ihm in den Verdacht, nicht mehr richtig im Kopf zu sein, weil er bei der Käfersuche Steine und trockene Kuhfladen auf der Heide umdrehte.

Pärrnerschleut!

Selbst meine Predigt war bisweilen nicht vor Mißverständnissen geschützt.

»Du! Was hast du für eine merkwürdige Karfreitagspredigt gehalten?« fragte mich der Hasselbächer.

Ich hatte allerdings einen kühnen Schluß gemacht und dadurch meine Zuhörer aufrütteln wollen, was mir auch reichlich, aber in unverwünschtem Sinn gelang. Mein Freund, Hampitters Gottlieb, sah mich mit seinen tiefliegenden Augen an und gestand: »Es lief mir den Buckel herunter wie ein Eimer kaltes Wasser«. Stärker konnte mir ein Wildendorner sein Gruseln nicht ausdrücken, weil ihm kaltes Wasser nur auf Umwegen auf den Leib kam.

Das hatte mein wirkungsvoller Schluß gemacht, der meine Predigt krönen sollte. Ich hatte die übermenschliche Heilandstreue bis in den Tod gerühmt und sie in allen Leidensstufen den Wildendornern anschaulich vorgestellt. Ich hatte als Wunder gepriesen, daß der Heilandsglaube im Angesicht des undankbaren und unvernünftigen Menschenhaufens nicht verzweifelte und nicht die Welt verfluchte. Und schloß mit der adhortatio: »Wer diesem getreuesten Liebhaber aller Kreatur nicht die Treue hält, der ist – ein Schuft! Amen!«

Mir klopfte selber das Herz ob meiner Kühnheit, als ich die Kanzeltreppe abstieg.

Nun lief in allen Dörfern die Sage um, wie ich am hohen Herrn-Leidenstag mit schrecklichem Mut den Wildendornern ihre Sünden vorgehalten hätte.

»Wißt ihr Wildendorner, was ihr seid? Schufte seid ihr! ... Dann sagte er Amen, nahm die Bibel und kehrte sich von ihnen ab«. Ich müßte demnach bei den Wildendornern »dem Kalb ins Auge gehauen« oder bei ihnen »ins Fettnäpfchen getreten« haben. Aber wir kannten uns gegenseitig schon zu gut. Meine Leute schüttelten sich nur und dachten: Kurios!, womit sie auch recht hatten.

Unterhalb des Dorfes versank der Erdbach im Kalkgestein und lief unterirdisch wie kanalisiert. Diese Merkwürdigkeit hatte mir schon lange keine Ruhe gelassen. Dort mußten sich im Lauf der Jahrhunderte große Höhlen gebildet haben.

Ich wäre gar zu gern Höhlenentdecker geworden. Eine halbe Stunde Wegs weitab und hundert Meter tiefer trat der Erdbach wieder ans Licht, hatte doppelt soviel Wasser und kam sänftlich zutag, als habe er sich in einem Sammelbecken beruhigt. Ich kaufte mit dem Lehrer zusammen das »Klein-Gruben-Loch«. Wir sprengten dort einen Zugang frei, drangen aber nicht weit vor in die Geheimnisse der Unterwelt. Das Geld ging uns aus und das Landratsamt kam mit tausend Vorschriften.

Die Wildendorner hatten etwas zu gucken dabei. Im Gefühl ihrer Überlegenheit lachen sie über die Unvernunft des Pfarrers, der nun auch den Schulmeister angesteckt hatte. Im Klein-Gruben-Loch war nichts zu holen als nasse Hosen.

So ging die Zeit und brachte Tag um Tag am gleichen Platz zur Ruh` und holte nach uralter Gewöhnung jeden neuen Morgen herauf hinter den blauen Bergen. Die Wildendorner »dachten an keinen andern Pärrner«. Ich hatte meinen Platz.

Da bekam mein Ansehen im Dorf einen Stich ins Unheimliche. Es geschah durch ein Vorkommnis, das sich den Wildendornern in andrer Beleuchtung darstellte als mir.

Entweder stand ich mit Engeln oder mit bösen Geistern im Bund!

Bergheckers Annelies lag bewußtlos im brüllenden Fieber und stieß grausliche Flüche aus wie ein Heidenmensch. Ihre beiden zweistöckigen Söhne hatten Angst um das Seelenheil der Mutter, die nicht wie sie zu den Gottseligen zählte, sondern sich zu dem »Steinern Haus« hielt. Als Uhls Roter den Zustand der Annelies wieder und wieder dem Herrn im Gebet vorgestellt hatte, bekam er Licht, daß um des grauslichen Fluchens willen die Kranke vom Teufel besessen sei. Seitdem hatte Uhls Roter die schwerste Arbeit übernommen, darüber ihm der Schweiß floß. Er wollte den Teufel durch Gebet austreiben. Er holte auch seine Gläubigen zu Hilfe. Sie lagen alle vor dem Bett auf den Knien und beteten gemeinsam.

Der tägliche Ringkampf mit dem Teufel war das Dorfgespräch und wuchs sich zur Kraftprobe aus, was das Gebet der Gerechten vermöge.

Der Erfolg blieb aus. Im Vorbeigehen hörte ich auf der Gasse, wie lästerliches Fluchen und flehendes Beten sich gegenseitig im Widerstreit überboten. Die Leute blieben stehen und ließen sich den Schauer durch den Leib schuckern.

Da klopfte Bergheckers Dürrer zur Nachtzeit an meine Hintertür. Die Angst um die Mutter, die so unvernünftig aushielt«, trieb ihn zu dem Lohnprediger. Im Notfall wußte der als studierter Mann soviel wie ein Doktor. Aber niemand durfte erfahren, wer mich gerufen hatte, am wenigsten die gottseligen Herbergsleute.

Der Berghecker heulte wie ein großer Junge. In ihren gesunden Tagen hörte man von der Mutter kein ungutes Wort. Seit der Teufel an ihr war, lag sie ohne Schlaf. Ihre Jungen kamen nicht aus den Kleidern und waren, weil am Tag die Arbeit rief, am Ende ihrer Kraft.

Ich war kaum in Bergheckers Haus, als der Uhl eintrat, wie wenn er mich gewittert hätte. Er war eifersüchtig wie ein Haushahn auf den Nebenbuhler und fiel mir ohne Einleitung mit seinem Beten auf Mund und Hände.

Er faltete die Knochenfinger unter dem Kinn und rang mit der Schreienden in Gebetsworten, daß die Gelenke knackten. Die Annelies wälzte sich in Fieberglut und »gab sich nicht«. Ihre gellende Weiberstimme belferte gegen die laute Männerstimme. Der Uhl schaffte sich in Wut, wie ich schätze, über seine Ohnmacht, die er durch noch lauteres Schreien zu verheimlichen suchte. Wenn er aber nach Luft schnappte, hatte das Fluchen die Oberhand.

Ich stand dabei und wußte nicht, wer mir durch Mitleid und Entsetzen mehr zu schaffen machte, der Gottselige oder die Teufelin.

Während ich einsah, daß für vernünftige Zureden das Ohr

der Kranken verschlossen war, ließ ich den Uhl sich austoben, bis er notgedrungen innehalten mußte.

Dann trat ich ans Bett. In mir stieg ein Verlangen auf, ausnahmsweise ein Gebot zu übertreten, das ich mir selber auferlegt hatte.

In meiner Tübinger Burschenzeit hockten wir eines Abends auf einer Studentenbude und feierten Geburtstag. Ein Gespräch kam auf über die damals neue Kunst der Willensunterjochung. Dabei erprobte ich, daß ich selber diese gefährliche Gabe hatte. Ich machte aus Scherz den Versuch und versetzte alsbald das Geburtstagskind in hypnotischen Schlaf. Meine lebendige Puppe verrichtete, was ich befahl, aß Blumen als Kuchen, exerzierte. Als ich den Freund aufgeweckt hatte, lachten wir alle. Ich selber fühlte mich sehr ermüdet. Er aber streckte sich alsbald auf dem Sofa aus und schlief, während wir lustig waren und uns über seine »Freßkiste« hermachten.

Andern Tags fehlte mein Bundesbruder im Kolleg. Ich suchte ihn vor Mittag auf. Da lag er noch auf demselben Fleck und schlief. Mich griff die Angst. Ich holte meinen Leibburschen, einen älteren Mediziner, zu Hilfe, der mir tüchtig die Hölle heiß machte. Tagelang ging der Überwältigte noch im Traumzustand umher.

Seitdem ließ ich die Finger von dem unheimlichen Handwerk. Es war uns aber schon aufgefallen, daß Moldrüffchen, wenn es seinen Wutanfall hatte und von Frauchen nicht gebändigt werden konnte, sogleich verstummte, wenn ich zur Tür hereintrat. Ich brauchte kein Wort zu sagen; sobald ich am Bett stand, schlief es ein.

Warum sollte ich der armen Kranken nicht zu dem ersehnten Schlaf verhelfen? Selbst auf die Gefahr hin, daß sie nicht wieder erwachte?

Ich bedachte nicht, ob mich die Annelies in ihrem Irrwahn verstand. Ich legte ihr die Hand auf die Stirn und neigte mich zu ihr:

»Annelies, Ihr wollt jetzt schlafen?«

Die Kranke sah mich an, als ob sie einen Bewußtseinsschimmer habe, wer ich sei. Sie faßte meine andre Hand und hielt sie fest.

»Annelies, jetzt schlaft Ihr gleich ein!«

Der Erfolg überraschte mich selber. Die Schreie verstummten. Die Wände schienen aufzuhorchen. Die Männer aber sahen von der Kranken zu mir hin, als schauten sie in eine andre Welt.

Die Mutter schlief. – Sie genas dann körperlich, blieb aber von Wahnvorstellungen verfolgt. Zeitlich lief sie mit der blanken Axt in der Faust durchs Dorf und murmelte Drohungen vor sich hin. Vor mir hatte sie Angst. Sie wandte sich eilig davon und stieß Verwünschungen aus.

Dafür war ich im eignen Haus zu Krankheitszeiten recht gestraft. Wenn Moldrüffchen oder das nachfolgende blonde Lockenköpfchen, unser Ehrlich, plötzlich erkrankten, lief ich auf und ab wie ein »Bär im Käfig«. Was ich in unserem Doktorbuch las, verdichtete sich zu Gespenstern, mit denen ich Frauchen und das kranke Kind quälte, wenn ich ihm gewaltsam ein Dutzend Mal mit dem Löffel ins Hälschen fuhr.

Oft spielten die Kinder am Morgen im Sonnenschein, als der Arzt durchs Dorf fuhr. Abends wälzten sie sich fieberrot in den Kissen.

Dann, nur dann, entbehrte ich die Stadtnähe noch. In unserm Weltwinkel durfte niemand krank werden.

14. Der heilige August sorgt für Zeitvertreib.

Als ich mein erstes Büchlein fix und fertig in der Hand hielt, hatte ich Sonntag für mich allein. Mir war feierlichfroh zumute. Gegen meine nachfolgenden Geisteskinder war ich, so viel mir vor ihrer Geburt an ihnen lag, hinterher wenig zärtlich und ließ andre Leute für ihr Fortkommen sorgen.

Das lag aber nach dem Urteil des Heckenröders an meiner kaninchenhaften Fruchtbarkeit.

Mit dem bunten Herbstlaub trat mein Erstling seine Weltreise an. Niemand im Dorf außer dem Lehrer wußte etwas davon. Dessen Verschwiegenheit war ich sicher.

Ich hatte eine dunkle Ahnung, daß meine Wildendorner weder Hochachtung noch Verständnis für mein Geschreibsel hätten. Die Zahl der Bücher, die in Wildendorn eifrig gelesen wurden, war gering. Bibel und Gesangbuch, auch noch Starks Gebetbuch standen auf dem Schaft über der Tür. Außerdem fand noch der Kalender Beachtung, weil daraus der mutmaßliche Geburtstag der Kälber und Ferkel berechnet wurde.

Wie gänzlich unliterarisch meine Leute waren, verhehlten sie nicht. Ich hörte mit eignen Ohren, wie einer, der soeben eine Taufe bestellt hatte, unter meinem Fenster die Frage beantwortete:

»Was macht der Pärrner?«

»Naut (nichts) macht er! Er sitzt am Tisch und schreibt«.

Holte ich mir aber ein nasses Hemd bei der Gartenarbeit, verabsäumte keiner im Vorbeigehen mich zu loben:

»Wollt Ihr aut (etwas) arbeiten?«

Ich hatte mir einen Bismarckkopf einrahmen lassen, zeigte ihn wohlgefällig meinem alten Küster Hanjost und fragte:

»Kennt Ihr den?«

Der Hanjost besah das Bild lange und riet dann: »Man

meint, es wär'der alte Jörgekarl von Hasselbach?«

Der Jörgekarl war Fleischbeschauer und kam öfter ins Dorf.

Als ich den Hanjost aufklärte, besah er sich nochmals meinen Stolz und äußerte bedächtig: »Man meint, der hat viel durchgemacht!«

Der Winter kam, die Wildendorner hoben eines Tags die Nasen in die Luft und sagten mit einem Mund: »Jetzt is uns nächster Nachbar der Schnee«. Erst kam der Winter mit einem Mäckeserwagen voll Schnee als Herumzieher und stäubte die Flur ein. Dann erstand er als ein Gewaltiger und legte die Hand auf die Welt: »Hier bin ich!«

Das Land ließ ab, die Menschen zur Arbeit zu treiben. Meine Leute hatten jetzt für allerhand Zeit, was sonst zu kurz kam: Freierei zwischen Burschen und Mädchen, Schweineschlachten bei den Hausleuten. Der Schäferjakob wusch jeden Morgen Därme aus am letzten offenen Eisloch im Bach. Die Raben hockten auf den Obstbäumen, schrien und machten einen langen Hals.

Und alle Tage sprangen die Flegel klipp-klapp auf der Tenne.

Diesmal hatte ich mir zur Wildendorner Heidennacht heimlich den Gendarm bestellt, weil Frauchen Angst hatte um ihre zartnervigen Kleinen. Ich hatte dadurch den Belzebuben zu einem Extravergnügen verholfen. Sie trieben Schindluder mit dem dicken Landjäger. Wenn das Gekrach der Donnerbüchsen »den mit der Helmkapp« nach dem einen Dorfende gelockt hatte, krachte es an der andern Ecke um so toller. Bald trappte das Gelächter der Buben am Haus vorbei, bald hörte man das Schnaufen ihres Gegenspielers.

In der Neujahrspredigt vor meinen Dickköpfen schwieg ich mich aus von der Knallerei. Meine Kinder hatten ungestört die ganze Nacht geschlafen. - Danach versank die Welt immer tiefer in des Winters Gewalt. Immer abgründiger senkte sich nach Sturmnächten die Stille himmelab. Die Geistlichen im Dorf wühlten sich ein in Gottes Geheimnisse und die Ruchlosen lechzten vor Begierde nach weltlichen Neuigkeiten.

Jetzt erst war die richtige ausgemästete Ruhe im Dorf eingezogen, glättete die Magerfalten in der Haut und zog sich eine Schwarte aus Winterspeck.

Da war die rechte Zeit. Ich kehrte heim von der Metzelsuppe im Hasselbächer Pfarrhaus. Unterwegs hatte ich den Hinkelsgriffer nochmals seine neuesten Sprüche Salomonis mitteilen hören: Vom Schwein, das inwendig aussieht wie ein Mensch. Und daß beim Schlachten das gemetzte Tier sein Leumundszeugnis empfange. Das Hasselbächer Schweinchen hatte soviel Schmalz »bei sich gehabt, dessen brauchte sich die schwerste Specksau nicht zu schämen«. Ich hatte mir eine weiße Metzgerschürze umbinden lassen und Speckwürfel geschnitten, auch zum Lohn dafür mir inwendig einheizen dürfen gegen die schneidige Kälte.

So kam ich und dachte nichts Arges. Und traf den Hampitters Gottlieb in meiner Stube sitzend wie einen zerschlagenen Mann. Er war aus seinem Pfarrerhimmel gefallen.

Womit hat der Gottlieb das an dem Pärrner verdient! Der Gottlieb hätte vor jedermann geschworen, daß an dem Pärrner kein Untätchen sei, nicht so viel, als man unterm Nagel leiden kann! Und nun? Jetzt durfte sich der Pfarrersfreund im Dorf nirgends mehr erblicken lassen. Die Bösmäuler sowohl der Belzebuben wie der Gottseligen plärrten ihn aus:

»Hie kann man einen gläubigen Mann spüren!«

An dem Pärrner hatten sie einen Fund getan, wie das Kirchenhuhn keinen jemals aufgepickt hatte! Der Gottlieb konnte sogar die Kappe nicht auf dem Ohr sitzen lassen. Er hatte Mühe, die Gedanken beisammenzuhalten.

Um die Lichterstunde war er bei Hudelmanns gewesen, nicht weil er verlänglich war nach dem Leutgeschwätz, das so leicht wog wie Mückendreck. Aber die Altmutter dort zählte noch zu Gottliebs Freundschaft und hatte alle Glieder steif stehen vor Rotlauf. Nach ihr hatte der Gottlieb einmal ausschauen wollen.

Hudelmanns hausen am Hasselbächer Weg, in der Hohl. Sie steckten dort so tief im Schnee, daß nur noch der Schornstein die Nase blank hatte. Als ich heute vorbeikam, hatte der Hudelmann seinen Hauseingang freigeschaufelt. Das Schlappermaul hatte mir noch die Ansprache gehalten. Seine trüben Fenster am Haus hielten den Winterschlaf, während hinter ihnen die aufgeplusterten, dunklen Schneewolken lautlos herauskrochen.

Hudelmanns Stube qualmte voll beizendem Rauch und war angefüllt mit Leuten, welche die Neuigkeit liebten wie einen süßen Schnaps. Der Hudelmann hatte tränende Augen und hustete, aber seine Stimme knarrte unaufhörlich wie ein ungeschmiertes Wagenrad. Tags zuvor war der Hudelmann nach Drieruff zum Bader Hans gereist und hatte sich den letzten Zahn ziehen lassen. Künftig kaute er auf den Bällen. Die wurden mit der Zeit auch hart.

Das alles erzählte der Gottlieb wortgetreu mit einer Leichenbittermine, daß ich vergeblich frage: Was hat er nur?

Aber der Gottlieb konnte nur immer ein Bein vor das andere setzen in seinem Bericht. Danach haben sie bei Hudelmanns gerätselt, ob die Leute im Hickengrund von den Zigeunern abstammten. Denn es hieß: »Die Hicken und die Affen – hat Gott zuletzt erschaffen«.

Und der Bätzches Mine hing der Hudelmann einen schlechten Leumund an: »Das sei eine Gewittersche!« Wer dieser mit dem offenen Milcheimer begegne und nicht eilends in den Stall zurücktrete, dem mache sie die Milch im Eimer gerinnen durch ihr Katzenauge.

Lauter Untucht, die der Gottlieb nicht anhören konnte ohne Herzeleid.

Da fuhr die Tür von selber auf und wehte den Windlipps über die Schwelle. Mit dem Rücken warf er wieder die Tür ins Schloß und stand verschneit wie ein Wegstock. Im ausgestreckten Arm hielt er ein Mitbringsel aus der Kreisstadt, das ihm nicht für Geld feil war.

Er gab das Rätsel auf, was er für einen Fund gemacht habe.

Sie rieten hin und her und immer rief der Windlipps: »Fehl! Fehl!«

Niemand konnte die Unmöglichkeit erraten. Der Windlipps mußte das Rätsel frei aus dem Sacktuch knoten.

»Ein Buch?!« ... Das wäre nichts. Aber ein besonderes, das vom eignen Pärrner aufgestellt war gegen sein Dorf!

»Ihr Leut', die Zung soll mir aus'm Maul fallen. Aber, was der Pärrner betet, is verlogen!« –

Der Geschäftsführer aus dem christlichen Buchladen in der Kreisstadt, den wir wegen seiner ruchbaren Frömmigkeit den heiligen August nannten, hatte dem Windlipps das Buch angepriesen: hier könne man den wahrhaftigen Anblick eines raren Vogels haben, der unerkannt im Wildendorner Pfarrhaus sein Nest hatte.

15. Das Verbrechen des Pfarrers Hirsekorn.

Jetzt hatten meine Leute die ausgesuchte Neuigkeit, danach sie verlänglich waren. Allwinters wurde im Dorf eine Zeitung erdichtet, je grusliger, um so lieber. In der Herberge der Gottseligkeit wurde der Weltuntergang prophezeit, weil jedes Mal endgültig alle Zeichen aus der Offenbarung des Johannes klar erfüllt waren. Die Belzebuben wollten nicht zurückstehn und warteten mit Kriegsbrand oder einer fürchterlichen Pest auf, die aber nur das Niederland heimsuchte und zum Lobpreis der verschonten Heimat wurde.

Die Sonne machte ihren kurzen, bleichen Rundgang über die Heide und konnte das Dörflein kaum noch auffinden. Der Mond pilgerte als Ritter Toggenburg mit dem Silberschild hinter der Sonne her und konnte sie nicht erreichen.

Da mußte der Woost ausbrechen in den Gemütern, sonst hielten sie das Gefängnis der Eisherrlichkeit nicht aus.

Als das Buch ins Dorf der langen Dächer kam, war von Stund an zwischen mir und meinen Leuten Weg und Straße abgebrochen. Die Wildendorner schlangen mein Buch in sich hinein. Als es ihnen aber einverleibt war, rumorte es in ihnen. Sie konnten`s nicht verdauen. Jeder mußte das Buch lesen und jeder wollte es zuerst lesen. Sie saßen zusammen und einer las vor. Und saßen bis zum Morgengrauen auf und wurden nicht fertig.

Denn nun erst kam das richtige Rätselraten auf: »Wen hat er damit gemeint?«

Wer das Buch noch nicht gelesen hatte, sondern nur seinen Widerhall hörte, wußte am meisten zu erzählen, was für Schadtaten darin verzeichnet waren.

Der Bürgermeister habe sich so vollgesoffen am Gemeindenutzen, daß er über die Hühner auf der Gasse fiel. Denn es hieß: Wer die Hand am Strich (Euter) hat, melkt die Kuh.

Und der Schmiedpitter ist im Jähzorn seinem Ältesten mit

dem glühenden Eisenstab ins Auge gefahren, davon das Auge des Jungen blind ist.

Und: Die Butzelies stammt von einer Mutter her, die nachts auf der Garnbleiche ging zu andrer Leute Leinzeug und mitnahm, was nur einen Handgriff kostete.

So geisterte der Woost in den Menschengemütern und rüttelte an allem, was Bestand haben wollte für die Ewigkeit.

»Uns Pärrner?! Das is uns Pärrner mit seinem
wahrhaftigen Gesicht?«

So ein Pfarrer ist im mindesten kein Heiliger! Er ist wie die Leut`, die heimlich herumhorchen an fremden Türen und im Dunkeln unterm Fernster stehen bleiben. Einer von der hintersten Sorte ist er, die mit Hohn und Spott ausbreiten, was ihnen gläubig anvertraut wurde von Mund zu Mund.

Wolken! Wolken, die Finsternis ausschütteten
über das Land!

Gelles Gelächter meckerte dazwischen: Die er sich vorgenommen hat, hat er auf Brett gesetzt wie frischen Käs' an die Sonne. Sogar die Wildendorner Sprache hat er nachgemacht, damit die ganze Welt bis nach Berlin darüber »dikke, breite Läch' tun« soll. Und warum? Wer lacht, läßt Geld fallen in den vorgehaltenen Hut. – Tausend Taler hat er für das Buch bekommen. Und er hat`s nicht allein aufgestellt. Sechs haben mitgeholfen.

Wolken! Wolken ohne Ende und kein Licht!

Ein Pfarrer, der so mit Lügen umgeht, die er wie scheele Schmeißfliegen gefangen hat vom verluderten Aas, was soll man dem antun? Der Ortsbürger Tyllmann muß ihn fortschreiben an die Regierung. Denn der Ortsbürger Tylmann, der seines Namens immer ein Dutzend im Dorf hat, ist der älteste Mann von Wildendorn und schrieb schon vor hundert Jahren ans Amt. – Dem Judaspärrner soll einer begegnen in stichdunkler Düsternis und ihm Gefühl beibringen!

Nacht, nur Nacht!

Sie sind alle einer Mutter Sohn, die Belzebuben und die in der Gottesherberge. Sie haben einen gemeinsamen Feind, den jeder schmäht. Das ganze Dorf hat einen Mund wie ein Riesentier. –

Derweil saß der Dorfverbrecher in seiner Stube und wußte nicht, ob das Stück, das die Wildendorner dichteten und dessen Hauptperson ihr Pfarrer war, ein Stück zum Lachen oder zum Weinen sei.

Ich halte mein unschuldiges Büchlein in den Händen und fragte: Wie hast du dich verändert, daß ich dich nicht wiedererkenne? Welchem Unhold bist du unterwegs begegnet, daß er dich so entstellt zurückschickt?

Ich, dein geistiger Vater, weiß, welchem Willen du dein Dasein verdankst. Es ist die Liebe und der Dank für die zweite Heimat. Wie der Vogel sein Nest baut, habe ich da und dort einen Halm aufgelesen und anderswoher ein Fläumchen dazugetragen. Ich habe überm Schreiben mir Zwang angetan, daß niemand im Dorf sich verletzt fühlen darf.

Nun kommt ihr wieder, heimatliche Gesichter und seid verzerrt wie Wolkenfratzen in stürmischer Mondnacht?!

Der Hasselbächer hat recht; er hat jüngst, als ich im Übermut rühmte, daß ich meine Leute kenne wie meinen eignen Hosensack, den Kopf geschüttelt: »Und wenn du hundert Jahre mit ihnen zusammenlebst, wirst du gewahr werden, daß du um ein Jahrhundert von ihnen getrennt bist durch deine Bildung. Wenn`s drauf ankommt, kennt dich keiner, und du kannst die Einsamkeit heulen hören wie nachts einen Hund auf einem verlassenen Gehöft«.

Der Pfarrer ist und bleibt der Mann im Dorf, von dem jeder das Schwerste verlangt mit Selbstverständlichkeit und dem jeder unbesehen das Schlechteste zutraut.

Am Abend brüllte die Fremdheit leibhaftig unter meinem Fenster und zerklirrte eine Flasche auf der Haustreppe: und vertollte sich lachend in die dunkle Nacht, als ich das Fenster aufriß.

Frauchen und den Kindern hatten sie schon am Tag um die Ecke herum nachgejohlt: »Unter den langen Dächern!« So hieß mein Buch.

Darum war`s kein Stück zum Lachen,
sondern zum Weinen. –

Der Sonntag kam mir zum Leid. Der Winter ließ die Eiszapfen wie Beißzähne von den Giebeln hängen, als habe er das ganze Dorf im Maul.

Der alte Küster Hanjost trat ein mit hölzernen Gelenken, um mir den Kirchendienst aufzusagen und »den Orgelbalg zu kündigen«.

»Warum Hanjost?«

Aber der wies stumm die hängende Unterlippe und die Runzelschrift in seinem Gesicht. In dem Buch war geschrieben: Der Küster rechnete sich zur Geistlichkeit.

Der Hanjost war schimpfiert, darum, daß er so getreulich dem Pfarrer nachging wie sein Schatten und ihm den Rock trug. – Undank ist der Welt Lohn!

Was ich dem Hanjost zuredete, konnte ich auch der Stubenwand tun. Weit, weit auseinander waren Hirte und Herde im Nebel auf wegloser Heide.

Die Glocken läuteten Sonntag, aber sie schwangen einen bedrohlichen Klang. Es hing eine fremde Glocke im Turm, die war die allerlauteste.

Sie rief: Das Gotteshaus ist leer. Niemand, der sich noch schämt, geht zu solchem Pfarrer in die Predigt! Keiner bietet ihm mehr die Zeit. Kein Krankes ruft ihn künftig in Sterbensnot ans Bett. Denn jedereins muß bedenken:

»Er bringt uns ins Buch!«

Frauchen hat geweint: »Laß uns fortgehen von hier. Ich habe Angst, daß sie den Kindern etwas antun«.

Ich stand in meinem Pfarrermantel und ballte die Fäuste, während mich die Glocken zur Predigt riefen.

Nirgend Weg und Straße herüber und hinüber. Jeder Schritt trat in die leere Luft.

16. Wenn`s der Herr Landrat erführ'!

Schon immer war unterm Kirchenläuten die Dorfstraße menschenleer. Diesmal war sie gänzlich den Hühnern und Spatzen überlassen, als wäre das Dorf ausgestorben.

Ich seufzte in mich hinein: Du kannst dein Predigtlein wieder heimtragen. Die leeren Bänke werden sich aber freuen, wenn du für die auch einmal eine Predigt hältst.

Gleichzeitig aber, da ich als der letzte Mensch hinwanderte durch den knirschenden Schnee und die Hausgiebel starr gradaus schauten, als sähen sie mich nicht, haschte mich der Wind am Mantel, der Nirgend-Daheim.

Mich erfüllte eine tiefe Wehmut, warum in seinem Besten der Mensch immer am leichtesten mißverstanden wird.

Das war von Anfang so geordnet, weil das Leben dem Gegensätzlichen verschrieben ist und zwischen Ja und Nein, Tag und Nacht sich durchkämpfen muß, um in Bewegung zu bleiben.

Mir wallte heiß das Herz, ich hätte mein Blut hingegeben, wenn ich dafür noch einmal meine Leute aus jedem Haus, darin sie sich verborgen hielten, zusammenbringen könnte in das gemeinsame Stammhaus vor mein Angesicht!

Dann wollte ich ihnen sagen von dem ungeheuren Leid der Fremdheit wider Willen. Denn ich sah, die Wildendorner konnten nicht anders, sie mußten ihren dichtenden Pfarrer mißverstehen.

Der Pfarrer war wie ihr Gott eine große Furcht und fiel ihnen ein wie ihr böses Gewissen unter dem Spruch schwerer Bibelworte.

Wie konnten sie einen Pfarrer annehmen, der nichts sein wollte als jedermanns Menschenbruder; einen, der seine Freude hatte in ihren verschrobenen Sonderheiten?

Der gar ein Hansnarr war und ein Dichter
auf dem Lügengaul!

Kreuzige! Kreuzige ihn!

Darüber huschte mein Blick durchs Friedhoftor zwischen der hohen Tannenwacht im Winterpelz. Ich fuhr zurück, als habe mich eine Faust gestoßen.

Standen noch Leute vor der Kirchtür, die zögerten einzutreten? Oder quoll die Kirchenschwelle über wie ein Bienenstock vorm Schwärmen?

Das Gotteshaus hob sich vor der Menschenmenge! Sie drängte sich in pressender Enge wie kaum an einem ersten Feiertag.

Mir war blitzklar vor den Augen. Ich hätte aufjubeln mögen wie am Tag meiner Einführung und doch ganz anders. Die Wildendorner feierten heute ein Fest; ein besonderliches und auserwähltes, das nicht im Kirchenkalender stand.

Das Fest ihrer Neugierde!

Die Neugierde war stärker als ihr Zorn. Sie wollten einmal zur Abwechslung ihren Pfarrer als zerknirschten Sünder auf der Kanzel stehen und Abbitte leisten sehen. Es hatte sich ein Zauberwort herumgesprochen:

»Heut sagt er aut!«

Zugleich aber überströmte mich ein warmes Dankgefühl. Mein Herzenswunsch war erfüllt. Alle meine Widersacher waren von einer überstarken Hand zusammengelesen und vor mich gebracht, Auge in Auge.

In ihrer Neugierde habe ich dann die Wildendorner tief enttäuscht. Sie sagten hinterher: »Naut hat er gesagt! Er tat seine Predigt wie sonst«.

Kein Wort von ihrer Hauptsache, dem Buch! Aber sie mußten nicht überhört haben, daß mir das Herz auf die Zunge trat und sich meiner Stimme mitteilte.

Und daß meine Augen dabei nicht am Boden lagen, sondern Wille gegen Wille mit ihnen rang: Bin ich ein Verbrecher?

Als letzter ging ich aus der Kirche durch die Reihen meines Volks, während alle Kappen sich lüfteten und alle Augen mich anstaunten wie die Unbegreiflichkeit Gottes.

Mir selber war's wie im Traum. Ich konnte mich nicht

gleich an den Mittagstisch setzen, sondern hatte einen langen Gang vor mir auf meiner Diele.

Jetzt erst lernte ich meine Wildendorner von Grund aus kennen. Wäre ihr Zorn aus der Weißglut ihrer Augen gefahren, dann hätte ich erlebt, warum die Wilden als Schmisser verschrien sind; nämlich weil kein Gras wächst, wo ihre Faust hintrifft. Diesmal aber spielte in ihren Zorn schon heimliche Lust und Dankbarkeit hinein, daß ich ihnen ihr Winterlabsal bereitete.

Das wurde mir völlig gewiß, als sich nach etlichen Tagen der Polizeidiener Hanjörg zur Tür hereinschob, auf dem Holzkasten beim Ofen sich niederließ und mir, verschämt lächelnd, den Freundschaftsbeweis der Obrigkeit übermittelte.

Der schwarze Hanjörg holte aus seiner verkrusteten Dienstkappe ein Blatt Papier. Er hat`s zur Mitternacht angeheftet gefunden an meiner Haustanne.

Das war ein Ding, wie es die Wildendorner hießen, wenn einer den Dorfklatsch in Verse brachte zur allgemeinen Volksbelustigung.

Das Ding war vorzeiten einmal ein Ting gewesen und eine Sache auf Leben und Tod, als die Hub noch eine Tingstätte war. Nun aber war`s in Urenkeltagen die spöttische Vergeltung der Wildendorner. Hatte der Pärrner das Dorf schlechtgemacht – machten sie ihn wieder schlecht. – Auge um Auge! Zahn um Zahn! Ding um Ding!

Ich hatte sie dichterisch und menschlich angesteckt.

Nun aber hatte ich mein heimliches Fest. Die Einleitung dazu war des Hanjörg besorgliche Wichtigtuerei. Der Hanjörg war ein Gewürfelter und hatte ein sachverständiges Urteil.

»Das Ding da hat kein Pfuscher aufgestellt!
Das hat Geld gekost't!«

Keinen aus dem Dorf hielt der Hanjörg einer solchen Glanzleistung für fähig. Mindestens hatte das Ding den Kreisblattdichter zum geistigen Vater, der sich »Hans Heiter – immer weiter!« unterschrieb.

Darum hat der Hanjörg das Ding bei seinem nächtlichen Tutut gleich fortgenommen, aus Schonung seines geistlichen Partners und aus obrigkeitlicher Solidarität.

»Denn der Pärrner kann naut ohne den Polizeidiener und der Polizeidiener naut ohne den Pärrner«.

Ob der Hanjörg nicht fürchtete, daß er »ins Buch komme?«

Pfarrer und Polizeidiener aber mußten zusammenhalten in der Weise der Unterbeamten gegen die oberen Herrenleute von der Regierung. Denn, »wenn`s der Herr Landrat erführ', gäb's zerrissene Hosen!«

Nämlich für den Pärrner!

Dem Hanjörg blieb der Mund offen stehen. Statt mich zu entsetzen über die Gefahr, der ich knapp entronnen dank der Hosenfreundschaft meines weltlichen Amtsgenossen, lachte ich hell auf! Ich lobte gar das Prachtstück, wie trefflich das Ding meinen Hohn heimzahle!

Gewiß hielt mich der Hanjörg für geckig im Kopf.

Das Wildendorner Ding habe ich aufgehoben unter meinen Raritäten. Es war nach der Choralweise: »Allein Gott in der Höh`sei Ehr'« gedichtet und konnte gleich gesungen werden, wenngleich nicht im Gottesdienst. Seine raftstellen lauteten:

Es fiel einmal ein Hirsekorn
dem Teufel aus dem Ranzen,
das pflanzte sich in Wildendorn
als Unkraut auf die Kanzel.
Alsbald erhub sich groß' Geschrei
ob solchem üblen Hirsebrei
bei allen Christenleuten.

Am Sonntag kurz das Gotteswort
als Wolf mit Lammesmienen!
Und dann die ganze Woche fort
mit Lügen Geld verdienen!

O Volk! Mathias liebt euch nicht.
Er ist ein arger Bösewicht.
Kehrt euch zum wahren Hirten!

   Ich schätze, daß das Ding aus der Richtung der Gottesherberge kam.

17. In der ewigen Wiederkehr.

Mein Lehrer erwies mir von sich aus den Freundschaftsdienst, die Wildendorner abends auf die Schule zu bestellen und ihnen das Buch auszulegen. Seine klug abwägende Axt trug viel dazu bei, daß der Wind der Dorfmeinung allmählich nicht mehr aus der Wetterecke blies.

Auch Hampitters Gottlieb erholte sich. In einer schlaflosen Nacht war ihm eingefallen, daß meine Erzählungen predigtähnlich seien. Er verfocht mit Eifer seitdem meine Lügengeschichten und rechtfertigte sie aus Gottes Wort. Auch der Herr Christus hatte zu unverständigen Leuten in Beispielen und Gleichnissen geredet.

»Wer Ohren hat zu hören, der höre!«

Es machte viele stutzig, daß die Kirchenfeinde gar zu eifrig bei der Hand waren, mit dem Buch für ihre Herberge zu werben. Ihr Häuflein war in den letzten Jahren sehr gering geworden. Als die Herbergsmutter hinstarb, konnten sie aus ihrer Bruderschaft kaum die Träger für die Totenlade zusammenbringen.

Wer unbelehrbar blieb, verstummte allmählich. Etliche, denen ich`s nach eigner oder fremder Auslegung zu arg gemacht hatte, erwiderten meinen Gruß nicht mehr. Es klang aber schon wie Begräbnis der Neuigkeit, daß die Meinung mundgerecht wurde.

»Er hat`s so an sich!«

So hatte der eine die fallende Sucht an sich, der andre das Trinken. Und ich hatte es an mir, Bücher zu machen. – Meine Leute hatten recht. Ich wurde die Tintenfinger nicht mehr los und war dem Buchstabenteufel verfallen.

Mit dem, was einer an sich hatte, müßte man sich abfinden. Das zählte zu den Tatsächlichkeiten, die immer in Wildendorn das letzte Wort behielten.

Der »Prozesser« rumpelte noch wie ein abziehendes Gewitter, als er als Mitbetroffener sich über den Einfall, meinen Hasselbächer Luis, aufregte. Der war in dem Buch so schlecht gemacht, daß kein Hund mehr ein Stück Brot von ihm nahm und trotzdem kochte er mir noch den Kaffee.

Der Gott der Wildendorner hielt an der Privatrache fest. Der Heilandsvater, der gegen das Fluchen mit Segnen anging, war nicht »aus dem Dorf«.

Für die Zukunft nahm ich mich bei meinen Lügengeschichten noch sorgsamer in acht. Ich wickelte sie in bunte Tücher und staffierte sie bis zur Unkenntlichkeit aus.

Wie gut, daß ich nichts wörtlich wiedergeben konnte!

Manchmal war ich freilich in hartem Kampf mit der Versuchung, weil die Wirklichkeit selber der trefflichste Dichter war.

So war's, als Pfuhls Hanjer endlich ausgewackelt hatte mit dem Kopf. Tags zuvor war ich noch seinem Weib begegnet und fragte, wie es dem Hanjer ging. Die Antwort lautete:

»Er hört nimmer gut und er sieht nimmer gut und er riecht auch nimmer gut«.

Nur den Kränzchenbuben durfte ich's verraten, die mit Recht bezweifelten, ob der Hanjer jemals gut gerochen habe.

Derweilen mehrten sich die Anzeichen, daß die Zeit der Neuigkeiten um war. Des Winters Herrenmantel wies Löcher auf, die nicht geflickt wurden. Auf dem großen Birnbaum lärmten die Stare, ob sie alle auf einen Tag Hochzeit machten oder ein Pärchen nach dem andern, sobald der Pfarrer wieder einen Nistkasten fertig hatte.

Und dann sagten die Wildendorner im Chor wie die Schulkinder vor des Lehrers aufgehobenen Zeigefinger: »Jetzt steht der Pflug vor der Tür!«

Die Arbeit schuhriegelte die Wildendorner wie ein gestrenger Korporal und ließ sie auf dem Kasernenhof der Feldmark fleißig die nämliche Turnübung machen, bis das vorschriftsmäßige nasse Hemd auf dem Buckel erzielt war.

Zuweilen kam mir Wildendorn wie ein einziger Leib vor. Jedermann war die Wiederholung seines Nachbarn; ein Tagewerk war dem andern angeglichen, nicht nur auf den Feldwegen, sondern auch im Sinnen und Trachten. Das fing mit der Geburt an und währte bis zum letzten Gang mit den Füßen voran in der endgültig wunschlosen Lage.

Ich aber kam überall dazu, mußte alles bedenken und meinen Spruch dazu tun. Ich war der Sprecher in einem unveränderlichen Zusammenhang. Die Nachbarschaft empfing das Menschlein gemeinsam, steuerte zum Kindtaufschmaus Mehl, Butter und Kaffee. Und ich steuerte mit den drei Handvoll Wasser das »Im Namen des Vaters, des Sohnes und des heiligen Geistes«. Und die Nachbarschaft grub dem Toten das Grab unter den Wettertannen, trug die Lade an ihren Ruheplatz. Und ich steuerte mit drei Handvoll Schollen das »Du bist Erde und sollst wieder zur Erde werden, davon du genommen bist«.

Alles gemeinsam und einerlei und ich ging ab und zu ...

Wenn ich von der Hub über das Dorf und den breiten Grund sah, wo gepflügt, gesät, gehackt, gesichelt wurde, wie es die Jahreszeit gebot, kam mir alles Getriebe hierzuland ungemein vereinfacht vor und mit einem Rundblick zu überschauen wie die blache Hochheide.

Und alles blieb bei allem Geracker unbeweglich in der ewigen Wiederkehr! »So lange die Erde steht« ...

Dann stand der Kuhhirts Hannes bei seiner Herde wie der Wacholder bei seinen Steinen. Und die Wolken über Land und die Sonne ordneten sich ein in die gleiche Regel, daß jede Wolke und jeder Sonnenstrahl dasselbe tun mußte, eins wie das andre. Und an den Bäumen im Wald regte sich jedes Blatt im gleichen Auf und Ab und dem hohen Tann fingerte das Einerlei bis in die Nadelspitzen.

Alles vorbestimmt und uralt schon von Geburt an! Ich hörte im Aus- und Einatmen das Walten der Zeitlosigkeit.

Darinnen war auch ich aufgenommen und vergaß Ort und Zeit, als wäre das Leben ein Traum, da einer ging und ging und immer auf derselben Stelle stehen blieb wie das Mühlrad der Grützmühle.

Nachdem ich einmal mitten inne war in dem Getriebe und

es begleitete mit meinem Wort, erlebte ich keine Veränderung mehr. Denn auch das Geläute, das von dem dicken Kirchturm ausging, hielt das nämliche Gleichmaß unveränderlich ein. Und der auf der Kanzel stand – gleichgültig, wie er hieß mit seinem zufälligen Namen – trug denselben Talar und las das nämliche Gotteswort aus demselben Buch und deutete daraus das wunderliche Leben, das wie der Bornstrahl aus einer Brunnenröhre floß und Welle auf Welle den gleichen Weg geschickt wurde.

In der ewigen Wiederkehr!

Ich, der ich als Beobachter dazugestellt war, blinzelte und wachte über den wachen Traumschlaf der Welt.

Ich weiß nicht, woher mich eine Stimme anrief: »Bald schläfst du auch!«

Mir war, als sähe ich den Finger einer waagerecht ausgestreckten Hand, der reichte bis zu den Überwindlinger Schutztannen und schob alle Unterschiede und Zwischenstufen hinweg und deutete mir das Leben:

Alles ist eins, Anfang und Ende. Alles ist aus einer Hand und ist in der Wiederkunft zu sich selber ständig unterwegs.

»Es ist nichts Neues unter der Sonne!« Mathias Hirsekorn, du bist in dem Land daheim, wo Vergangenheit, Gegenwart und Zukunft gleichzeitig sind und einmünden wie Ströme ins Meer!

Da fing eine neue Beschwerde in mir an, die von dem verwandelten Schauen meiner Augen verursacht war. Mir schien vom Himmel dieselbe Sonne und wärmte den Stein und das heurige Käferlein, als wäre alles tausend Jahre alt. Und hinterm Baum lag der nämliche Schatten von Urzeiten. Mich kam vor meinem eigenen Schatten Furcht an, ob`s noch mein eigner sei, der mir allein zugehöre.

Ich spürte einen Druck in der Herzgegend und hörte einen Finger anklopfen an meiner Brustwand: Ist dein Leben schon vorzeitig zu Ende, daß du keine Veränderlichkeit mehr erlebst? Und bist erst ein Dreißiger!

Wohl weiß ich die Stunde, da mir solches geschah. Ich saß

auf den Barsteinen am Höllkopf, als unversehens eine runde weiße Wolke über mich hinfuhr und zurückwinkte:

»So sollst du immer sitzen bleiben bis zum Nimmerlingstag!«

Daheim blätterte ich im Kalender nach und sah, daß sieben Jahre um waren, seit ich Wildendorn und den Höllkopf zuerst vor die Augen bekam. – Wo war die Zeit hin?

Der Posthalter Henrich trat, bevor er die Schelle zog, hart die Haustreppe ab. Das war sein Zeichen, daß wir auf den Hund achten sollten. Spitz Zottelohr hatte eine geschworene Feindschaft gegen seine Hosen.

Der Henrich bestellte einen Brief aus dem Städtchen im Niederland, wo die Kirche auf dem steilen Felsen ihren Ausguck hält ins Flußtal. Mir wurde angetragen, dort wiederum zu predigen, wo ich schon einmal den Dienst verwaltete.

Dort war mir vor sieben Jahren der alte Pfarrer mit dem Ibsenkopf im verkehrten Monat gestorben, so daß ich mit seinem Tod den Wanderstab empfing. Denn es war ausgemacht: stirbt der greise Pfarrer im ungraden Monat, bestimmt die Gemeinde über die Stelle. Fällt aber sein Sterben in einen graden Monat, schickt die Kirchenbehörde seinen Nachfolger.

Das Todeslos entschied gegen mich, nicht mit dem Willen des ehrwürdigen Alten, der lebenslang ein Kind blieb in seiner Herzenseinfalt.

Nun suchten sie dort wieder einen Pfarrer und die Gemeinde war an der Reihe. Zwiespältig in mir selber, lief ich zu meinem Hasselbächer Hinkelgriffer und erprobte an ihm, wie ein rechter Freund an sich zuletzt denkt.

Der Hasselbächer machte heute Umstände, weil ihm etwas zu schaffen machte, was er vor mir verbergen wollte. Er sprach von der Höflichkeit hierzuland, wie andersartig sie sei als in der Stadt. »Wenn`s deine Wildendorner erfahren, daß du gehst, werden die Getreusten dir ins Gesicht sagen: »Dann gibt`s `nen andern!« Was wie eine Grobheit klingt, werden sie dir zu Liebe aus Schonung sagen, um dir das Herz nicht noch schwerer zu machen«.

Von sich sagte der Hasselbächer kein Wort. Er nahm aber meine Sache wie seine eigene.

»Wildling, in dir meldet sich der Städter. Die Stille hat ihr Werk an dir getan. Du bist zu dir selber gekommen. Nun ist deine Zeit hier oben um«.

18. Mein Abgangszeugnis.

Als ich von Hasselbach heimkehrte, hatte sich ohne äußere Umstände die Welt verändert. Die Heide floß über von der weißen Herrlichkeit der Mondnacht und war entrückt in Geisterland. Der verklärte Himmelswanderer sagte mir an, wer hier seinen Zutritt habe: niemand, der nicht sein milchiges Blut trinke und die Anzeichen eines Sterbens an sich trage.

Ich mußte dazu willig sein, denn ich ging als Abscheidender mit jedem Schritt einem andern Leben entgegen und ließ alles, was mir begegnete, sichtbar hinter mir.

Darum kennzeichnete auch mich der Himmelslächler voller Wehmut und Freude. Ich grüßte alles zum letzten Mal. Die Ebereschen, meine verknorrten Baummänner und –weiblein, streckten mir die Hand entgegen: »Weil du hindann gehst!«

Die Wegbäume, die mir lieb waren wie meine große Puppenfamilie, blieben in der Muttererde. Ich aber wurde als gewachsener Baum ausgegraben und ließ Wurzeln im Land.

Als ich vom Pfaffenmäuerchen aus Wildendorn sah, erschien das Dorf hellwach mit dem grellweißen Fachwerk und dem sorgenvollen schwarzen Balkenstreifen. Das Nachtwächterhorn tutete: »Den haben wir gehabt!«

In dieser Zeit wußte ich, daß der Mensch immer hinterher erfährt, was er aufgibt. Die Ahnung beschlich mich, daß ich nirgendwo wiederfinde, was ich hier hatte. Der Entschluß zu gehen, sollte mir blutsauer werden, das war die Absicht der Westerwälder Heimat.

Und doch war meine Zeit um. Es war nicht nur der Unruhgeist, der mich zum Wandern trieb. Das Dorf stellte mir keine neuen Aufgaben mehr. Ich sagte nicht nur wie alle: Die Kinder brauchen eine bessere Schule, wenn sie heranwachsen.

Aber ich war froh, als die Entscheidung gefallen war und meine Leute wußten, daß ich abberufen wurde.

Den Ahnungslosen gegenüber hatte ich einen Druck auf mir, als dürfe ich der Aufrichtigkeit nicht in die Augen sehen.

Wie hatten sie mich in Geduld ertragen und drängten sich sonntags um meine Kanzel wie die Herde um die Tränke! –

Du aber, Mathias Hirsekorn, denke an deine Karfreitagspredigt! Hältst du Treue um Treue? Sie sagen im Dorf, von allen Menschen seien die Pfarrer am langlebigsten. Denn es ist noch nie zu Wildendorn ein Pfarrer gestorben.

Als es aber bestimmt war, nahmen sie meinen Weggang hin wie ein Schicksal. Hampitters Gottlieb nahm meine Hand: »Was sein muß, muß sein«. Etliche schauten mit starren Mienen gradaus und nickten: Wenn der Pärrner sich verbessern konnte! – Jede Hand wußte am besten den Weg in den eignen Sack und nahm ihren Vorteil wahr.

Nur der alte Hanjost, der längst die Kündigung des Küsterdienstes und des Orgelbalgs widerrief, sah mich mit trüben Augen an: »Ich dacht, Ihr solltet mich erst begraben«. Er war willens, bald für immer »die Welt niederzulegen«. Denn sein Enkelkind hatte ihn jüngst im Zorn angefaucht: »Du lebst auch ewig!«

So wuchs mir der Abschied zu wie eine bittere Wurzel im Land. Die Wildendorner Sprüche Salomonis urteilten über den Pfarrerwechsel: »Was man hat, weiß man. Aber nicht, was man bekommt«. Leicht war es so, wenn einer eine gute Milchkuh im Stall hatte, daß er eine eintauschte, die trocken stand.

Das war mein erstes Abgangszeugnis, daß ich einer guten Milchkuh gleichgeschätzt wurde.

Tag für Tag ging ich auf die Hub und saß auf einem nachtschwarzen Fels, dem ein grünes Pelzlein überhing und ein bärtiges Geflecht an den Enden, darüber ein leises Wässerlein rieselte, unter den Stein schlüpfte und wieder hervorkam.

Dann stieg die Lerche auf und spann den seidenhellen Sehnsuchtsfaden ihres Lieds, um Himmel und Land aneinander zu binden. Und ich wurde sacht aufgehoben und davongetragen an einen Platz, wo ich mich selber nimmer vorfand.

Dann aber schrie ein Herrnvogel auf; der Eichelhäher, der so stolz gekleidet ist und so häßlich lacht. Er schreckte mich auf aus der Wunschlosigkeit, daß ich mit Schauern spürte, wie nahe der Abschied sei.

Bald ließ ich meinen Platz leer und der Wind fuhr unentwegt fort, Kommen und Gehen unterm Himmel im Gang zu erhalten, als sei ich nie gewesen. Noch eine Weile gloste dann mein Andenken wie niedergebranntes Heidefeuer: Es war einmal ein Hirsekorn, der hatte es an sich, Bücher zu machen.

Auf ihre wortarme Weise bewiesen mir meine Leute sonntags am stärksten, wie sie mir anhingen. Weil unser Beisammensein zur Neige ging, trachtete ich danach, mein Letztes aufs beste zu bestellen.

So wurde mir meine hölzerne Kanzel, so schmucklos sie war, zur Stätte, von der aus alles beredet wurde, was ewig bleiben soll; einerlei, wer kam oder ging. Wenn ich die Hand auf die Brüstung legte, faßte ich ein letztes sichtbares Geländer an im Angesicht der Ewigkeit. Wenn jemals, dünkte ich mich dann ein Spielmann zu sein, der die Laute schlägt. Und die Saiten meines Gespiels waren die Menschenseelen, die ins Unergründliche klingen.

An einem der letzten Sonntage verließ ich frühzeitiger das Gotteshaus und ging unter meinen Leuten. Ich wollte noch die Pfarrübergabe ordnen mit den Kirchenältesten. Da befiel mich unter meiner Geschäftigkeit unversehens das gemeinsame Schweigen der Menge, das mit geneigtem Kopf an den Totenkreuzen vorüber nach den Häusern wandelte. Allen zusammen und jedem einzeln hatte das Schweigen den Mund verschlossen. Sprach keiner ein Wort, als sei ein Schweigegelübde gegeben, obwohl doch so mancherlei der Aussprache wartete, wenn sich die Nachbarschaft zusammenfand bei der Kirchentür.

Ich erschrak über meinen lauten Gruß und verstummte. Und ging in die gemeinsame Stille ein, die sich anhörte wie der Nachhall eines lang hinrollenden Donners.

Von meinem Abschiedsweh steht im Kränzchenbuch, was ich mit grauem Haupt nach zwei Jahrzehnten in der Großstadt wieder zu Gesicht bekam:

Der Kirchhahn kreischt in hellem Zorn:
Herr Pfarrer, was tat dir Wildendorn?
Was hat dir der Westerwald getan,
daß du ihn schaust mit dem Rücken an?
Läßt einer sein Eigen so im Stich,
die Heide, die Leut', deine Kirche und mich?!
Ich hier von meinem hohen Stand,
sag: Pfarrer, das ist dir eine Schand.
Fahr hin und ab zu Stadt und Bahn! -
So treibt den Narren zu Markt der Wahn! ...

O Männerrunde, o Wällerkranz! - - -

Als das Wildendorner Pfarrhaus leer war wie ein Schnegelsdippchen, schrieb ich mit griechischen Lettern quer über den Wandkalender, den ich hängen ließ, einen letzten Gruß an den Hasselbächer. Er lautete wildendornisch und konnte zarte Gemüter entsetzen:
»Alter Hinkelsgriffer, ich heule Rotz und Wasser!« –
Der Hasselbächer hat mir danach vermeldet, wie die Wildendorner mein Abgangszeugnis ausstellten.
Der Möbelwagen hatte unterhalb der Struht mit Glatteis zu kämpfen, weil über Nacht Rauhreif gefallen war. Der schwerfällige Wagen schrammte bedenklich herüber und hinüber auf der Straße. Darum hing sich ein Dutzend Männer mit Seilen an die Hemmnicke.
Sie saßen dann im Nachbardorf im Wirtshaus zusammen und hielten dem Pärrner die Nachrede.
Der Ankläger durfte nicht fehlen:
»Er bracht die Leut' ins Buch!«

Aber der Fuhrmann Hanphilipp klopfte mit dem Peitschenstiel auf die Diele: »Ihr Leut'! Er war der schlechst' noch nit!«

Die Wildendorner sind wie die Eichenstrünke, die nicht leicht Feuer fangen, aber die Glut halten.

So ist es bis heute! Dort oben bei den Wolken wird ein Mensch nicht so schnell vergessen wie ein Handwerksbursche im Niederland.

Ich bin doch nicht vergeblich im Hochland gewesen.
Ich habe dort sieben Jahre wie Jakob um Rahel gedient,
um meine Menschwerdung und viel zu danken.

Philippis' Pfarrchronik:
»das Bild guter Vorsätze«

Pfarrer Philippi mühte sich, seiner Pflicht nachzukommen und während seiner Amtszeit eine Chronik zu schreiben. Dieser pfarramtlichen Aufgabe kam er nicht nach. Er notiert darum: »Diese Chronika ist das Bild vieler guter Vorsätze«. Am Ende seiner Amtszeit schrieb er in die Chronik einige bemerkenswerte Beobachtungen über seine Breitscheider Zeit.

Langer Schornstein und Häfner-Genossenschaft

Philippi erwähnt in seinen Chronik-Notizen den »langen Schornstein«. Damit ist die »Thonindustrie« gemeint, die sich in seiner Zeit in Breitscheid ansiedelte. Philippi deutet undurchsichtige Umstände an, unter denen Gemeindeland in die Nutzung der »Thonindustrie« kam. Ebenso deutet er auf den Wandel der Breitscheider, die ihr überliefertes Häfnerhandwerk aufgaben, um in der der Fabrik zu arbeiten. Philippi kämpfte für eine Häfner-Genossenschaft, um dem Handwerk einen starken Verbund mit Weiterbildungsmöglichkeiten zu geben und es so überlebensfähig zu machen. Aber nur eine kleine Minderheit der Breitscheider Häfner wollte sich dem Philippi-Projekt anschließen.
Diesen harten Konflikt zwischen Gemeinde, Häfnern, Thonindustrie' und dem engagierten Pfarrer verarbeitet Philippi in seinem Roman »Weiße Erde«.
Siebzig Jahre nach diesen Ereignissen in Breitscheid entstand in der westlichen Welt eine Bewegung junger Leute, die der eintönigen Industriearbeit entkommen und altes Handwerk neu erlernen wollte, so auch das »Töpfern«.

Die Chronik wird hier in Urschrift übernommen.
Überschriften sind von den Herausgebern hinzugefügt.
Unleserliches wurde ausgelassen.

Pfarrchronik Breitscheid Seite 117 ff, geführt von Pfarrer Fritz Philippi

Am 4. Juli 1897 wurde der Pfarrherr in Breitscheid eingeführt. Friedrich Wilhelm Heinrich Philippi, geb. 5. Januar 1869 zu Wiesbaden, Sohn des Schlossermeisters Carl Philippi und seiner Ehefrau Johanette, geb. Martin, zu Wiesbaden. Schreiber dieses ... ich besuchte das Gymnasium meiner Vaterstadt, studierte von Ostern 1888 bis Herbst 1891 in Berlin, Tübingen und Marburg Theologie, bestand Oct. 1891 das 1. Examen, Febr. 1893 das 2te.

Von Febr. Bis Oct. 1893 war ich Vicar in Altstadt, Oct. 1893 – 94 Soldat. 7. Oct. 1894 in Wiesbaden ordiniert, war ich bis 1. Juli 1895 Vicar in Freiendiez und von da bis 1. Juli 1897 Pfarrverwalter von St. Peter b. Diez.

Schnell zu säen, langsam zu reden

Schnell zu säen, langsam zu reden, das nahm ich mir vor, als ich – unfreiwilligerweise meine frühere Gemeinde verlassend – zu den Höhen des Westerwaldes hinaufzog, von dem nicht nur auf orohgraphischem (Beschreibung der Reliefform/Gebirgsform des Landes) Gebiet, sondern auch auf dem Gebiete des religiösen Lebens wunderbare und absonderliche Kunde berichtet wurde in den »Thälern der Menschheit«. »Da ich Ihnen nicht gratulieren kann, unterlasse ich's lieber ganz«, sagte ein von mir hochgeschätzter Kollege zu meinem Aufzug (nach Breitscheid).

Darum meinerseits der Entschluß zur Vorsicht, die sonst nicht meine starke Seite ist. Aber, das habe ich bewährt gefunden, wenn es überall schon für den Pfarrer gilt, »vorsichtiglich zu wandeln«, hier im Dillkreis soll man noch ein doppeltes Ausrufungszeichen dahinter machen. Der Pfarrer ist hier nicht von vornherein ein Gegenstand des Zutrauens, »weil er Pfarrer ist«, auch nicht einmal ein Objekt unbefangener Prüfung sine ora et studio (ohne Grenze und Bemühen), sondern bei vielen ein Gegenstand des Mißtrauens und, wenn er Vertrauen findet allmählich, findet er`s bei nicht wenigen, »trotzdem er Pfarrer ist«. Jeder Schuster oder Schneider, der unvorsichtiger Weise als »Evangelist« das Predigeramt treibt, wird aufgenommen als ein Gottesmann, er ist »bekehrt«, weil er Nadel und Ahle verlassen hat, um von seiner Bekehrung und der Mildtätigkeit seiner Gläubigen zu leben. Ihm läuft man zu – wie hier dem »Breitscheider Willem« trotz der trüben Vergangenheit – und der Pfarrer ist der »Lohnprediger«, der vielleicht höchstenfalls »Gottes Wort predigt« – wie kürzlich einer von mir sagte -, der aber nicht »gläubig« ist.

Nach diesem einleitenden Erguß nunmehr zu den bisherigen Erlebnissen, wovon das Buch der Chronik künftigen Geschlechtern berichten soll.

Das Wetter auf dem Westerwald

Fangen wir gebührender Weise mit dem Wetter an! Meine junge Frau und ich kamen in der schönsten Jahreszeit hier oben an, wo unstreitig der Westerwald allen »Brennpunkten der Kultur« vorzuziehen ist. Doch schon im September mußte man frieren. Im October war es wieder schön und blieb fast ohne Schnee und Eis bis Ende Januar. Da kam ein später Nachwinter mit viel Schnee. Doch nur hier oben. Unten schon in Herborn lag kaum welcher. Die Breitscheider Fuhrleute machten ein gutes Geschäft durch Schneefahren. Die Ernte des letzten Jahres war reichlich.

1904. Und dabei ist es nun geblieben. Leider! (»Leider« ist später in anderer Schrift hinzugefügt worden) .
Diese Chronika ist das Bild vieler guter Vorsätze – es wird

nichts Rechts daraus. Und dabei steigt obendrein in mir der
...ordinations-Gedanke auf: es sei der Schaden gar nicht so
groß, wenn auf diesem störrigen Papier nicht geschrieben
stände, wie die Kartoffeln alljährlich geraten sind, wann das
Winterwams an- und ausgezogen wurde. Das ist ja alles sehr
wichtig, aber hinterher doch nicht.

Rabenscheid

Wichtiger, etwa für den Nachfolger, ist doch ein Bild der
Gemeinde, so weit das einer, der wie der Pfarrer immer ein
Fremdling unter den Ansässigen ist, geben kann.

Zunächst sind die 3 Dörfer so verschieden, als läge jedes 50
Meilen vom andern entfernt. Was in einem Dorf möglich ist,
ist`s noch lange nicht im andern. Rabenscheid ist langsam,
dreht sich schwerfällig, ist dafür noch gut kirchlich, gut im
Abendmahlsbesuch, ohne daß damit ein sittliches Urteil gegeben wird.

Breitscheid und die Erweckungsbewegung

Breitscheid. Ja, wie ist Breitscheid? Ich dachte jahrelang, niemals eine dankbarere Gemeinde gehabt zu haben. Nach dem
Kirchenbesuch zu schließen, sind sie auch verlänglich nach
Gottes Wort. Aber, hier soll es stehen: es ist kein Verlaß auf
Breitscheid. Sie sind neuerungssüchtig. In Breitscheid gehörte alle paar Jahre der Pfarrer zu wechseln. Jeder Läufer findet
hier Zulauf. Aber bald sind sie ihn satt. Die Sektiererei wird
in Breitscheid nie gefährlich werden. Vor der Zunft kann Kirche und Pfarrer ruhig schlafen, wenn er mag. Es fehlt dem
Abfall an Kraft von innen heraus. Gegenwärtig heißt es leider nicht mit Unrecht – obwohl das mein Urteil nicht völlig
ist – »Wer in die Versammlung geht, hat etwas ausgemacht
oder er will ausmachen«. Bei einigen Häuptern stimmt das.

Ach, wie da die Frömmigkeit fließt wie der Speichel.
(In Breitscheid gab es zu Philippis Zeiten die Bewegung der Darbysten, mit denen er sich sehr wahrscheinlich auseinandersetzt, aber einen Dialog sucht- siehe Hirsekorn.
Der Herausgeber.)

Über die Breitscheider

Das Hauptlaster der Breitscheider ist der Geiz. Wie oft habe ich eine niederträchtige Hochachtung vor dem Geld gefunden. Man hält blindlings zum (Geld-)Sack. Es ist ein grauenhafter Gegensatz zwischen den frommen Reden und dem Mammondienst. Dafür habe ich 100fache Beweise, schmerzliche Erfahrungen. Es wird auch an den Tag kommen. Besonders auch hat der lange Schornstein viel Unheil im Dorf angerichtet. Schon wissen es viele, einmal werden es alle wissen.

Aber Breitscheid hat auch treue, goldene Charaktere, echte Westerwälder deutscher Art. Ich nenne meinem Nachfolger, den ich nicht kenne, einige, die erprobt sind. August Kuhlmann, Ferdinand Enders, Wilh. Ad. Georg. Der Kirchenvorstand ist gut. Desgleichen Schreiner Robert Reeh. Auch sonst kommen jetzt vor meine Augen eine ganze Anzahl Getreuer, aber die hier stehen, sind im Feuer geprüft.

Medenbach

In Medenbach wohnt ein eigenes Völklein, das sofort an der Sprache kenntlich ist vor allen umliegenden. Ein gescheites Völklein: wie die achtgaben auf die Predigt! Sie kommen auch sehr gut, jetzt. Früher soll das nicht so gewesen sein. Ich habe immer gern in Medenbach Dienst gethan. Sie wurden mir als die Crux (das Kreuz) geschildert. Ich kann nur Gutes von ihnen sagen.

Der Abschied

Und nun stehe ich vorm Scheiden. In die trockene Chronik passen die Gedanken nicht, die mich da erfüllen. Also kann ich sie für mich behalten. Mein Nachfolger wird es nicht leicht haben. Er wird mit Notwendigkeit Schweres im Breitscheider Pfarrhaus erleben. Ich empfehle ihm zu Rat und That meinen lieben Freund Encke, den Schönbacher Pfarrer. Einen solchen Nachbarn werde ich nicht wieder haben.

Nun sei uns der Westerwald zum letzten gnädig und werfe uns den Möbelwagen nicht um mit Schnee und Eis und lasse meine 3 Wäller Mädchen gut ins Lahnthal kommen. Am 18. October wurde ich einstimmig zum Pfarrer v. St. Peter bei Diez gewählt.

Breitscheid, 10. November 1904
Fritz Philippi, Pfarrer

Nachwort

Über den Werdegang des Pfarrerdichters Fritz Philippi
Auszüge aus einem Aufsatz von Johann Peter

Die Berufung nach »Nassauisch Sibirien«

Anno 1893 kam es im Amtszimmer des Wiesbadener Konsistorialrats zu einem denkwürdigen Vorgang. Dabei waren Anlaß und Ablauf alles andere als spektakulär. Einem frisch gebackenen Pfarrer wurde seine erste feste Stelle zuteil, eine Stelle obendrein, die dem Bewerber wie ein Glückslos erschien, denn seine Heimatgemeinde – immerhin die ehemals fürstlich-nassauische Residenz Wiesbaden – forderte ihn als Hilfsprediger an.

So steht er, nicht eben hochgewachsen, doch von gediegenem, belastbaren Körperbau, den Rotbart, der zu knisternder Borstigkeit neigt, mit strammem Kammstrich gebändigt, die hellwach sprühenden Augen in ergebener Konzentration auf sein Gegenüber gerichtet, den »Pfarrgeneral, der seine Geistlichkeit wie Saul um eines Hauptes Länge überragte.«[1] Und jener sprach, wobei er den schwarzen Hornkneifer ominös über die gebietende Hakennase erhob: »Mir tut jeder junge Mann leid, der in der großen Stadt seine Predigtamt beginnen muß. Er soll immerzu sich ausgeben, bevor er sein Eignes gefunden hat und zu sich selbst gekommen ist. Er ist, bei der Häufigkeit der Fälle, in Gefahr, ein Schwätzer zu werden. Nach Jahr und Tag freut er sich womöglich seiner Routine, wie er auf Kommando losreden kann, und merkt nicht, daß er ein geistiger Fabrikarbeiter wurde. Predigtknecht, Massentäufer und bei Beerdigung Lieferant für die trostreichen Worte am Grabe.«[2]

Es folgte nach einer Pause, die dem Gewicht des eben Gesagten entsprach, der Passierschein, der im Gewand eines Trostes den wahren Stachel enthielt: »Wenn Sie die Stelle haben wollen? Wohlan! Aber Sie werden an mich denken, so oder so. Kommen Sie in acht Tagen wieder und sagen Sie mir Bescheid!«

Man darf annehmen, daß keinem der beiden die volle Tragweite der Entscheidung, die hier angebahnt wurde, bewußt war. Zwar hatte der Pfarrgeneral nach einer durchaus gesunden Maxime gehandelt, aber wie hätte er ahnen können, welch großen Dienst er in jener Unterredung nicht nur seiner Kirche, sondern der Dichtung erwies?

Und auch der junge Pfarramtsanwärter hatte noch keine Ahnung davon, wofür er bestimmt war. Die Worte seines Oberen stürzten ihn in den heftigsten Zwiespalt. Will heißen, sie wirkten. Hier war eine Richtung angedeutet, eine Kraft geweckt, vor der er selber erschrak. Die Annehmlichkeit des Stadtlebens, die Hoffnung der Mutter, die den Sohn bereits in ihrer Heimatkirche predigen sah – gute Gründe, sich mit Trotz gegen den Vorschlag des Bischofs zu wappnen.

Was aber geschah, als er nach Ablauf der Frist erneut im Amtszimmer seines Pfarrgenerals stand?

»Vor dem Adlerblick brach zu meinem eignen Verwundern mein mühsam aufgebautes Selbstbewußtsein zusammen. Ich spürte, wie mein schlechtes Gewissen mich bloßstellte und mir die Röte meines Barts bis in die Haarwurzeln steigen ließ. Ich war ein schuldbewußter Junge, als ich wider Willen meinen Verzicht stammelte: »Tun Sie mich nicht in die Stadt!«[3]

»Das Hochland war als nassauisches Sibirien verschrien. Dort war dreiviertel Jahr Winter. Die Zwetschen brauchten angeblich wie die Wacholderbeeren zwei Sommer, um reif zu werden. In den Wolken hausten dort vor allen Beamten die höchstgestellten. Zu Herzogs Zeiten hatte droben jeder Pfarrer und Lehrer Dreck am Stecken!«[4]

Dorthin also. Fast könnte man sagen: in die Verbannung,

auch wenn der Ort im Atlas als »Breitscheid« firmierte.
Und wirklich, wenn wir Heutigen die Lebensverhältnisse von damals betrachten, aus behaglicher Ferne - die Härte des Alltags erschüttert. Nicht allein, daß von den Segnungen oder Flüchen unsrer Zivilisation keine Rede sein konnte, selbst elektrisches Licht war erst ab 1914 verfügbar. Es war vor allem das unerbittliche Maß an körperliche Arbeit, auf den Feldern, in Haus und Hof, bei aushäusiger Verdingung um kärglichen Lohn, was die meisten Menschen frühzeit altern ließ und ihre besten Kräfte verschliß. Die Frauen trugen die doppelte Last, denn zum selbstverständlich verlangten Einsatz für die bäuerliche Wirtschaft kam die Mutterrolle, oft genug in einer Weise, die weder erwünscht noch ausfüllbar war.
Dazu die Unbill des Wetters, der berüchtigte Winter. Der Vergleich mit Sibirien, so überzogen er ist, enthält dennoch einen treffenden Kern. Wer heute noch Fotos aus Januar- oder Februartagen vor 40, 50 Jahren anschaut, wer mit Leuten spricht, die damals bei Schneeräumkommandos »mitgescheppt« haben, bekommt eine Ahnung davon. Demgemäß konnte erst später ausgesät werden, die Ernte blieb häufiger karg, der Arbeitsdruck in der gerafften Frühjahrs- und Sommerperiode nahm zu. Die Abhängigkeit der Menschen vom Wetter war über die Jahrhunderte hin ungebrochen und sie prägte das bäuerliche Denken und Fühlen mit allgegenwärtiger Macht. Noch immer wohnte der Natur etwas von den heidnischen Gottheiten inne, unberechenbar, zerstörerisch; ihr Walten ließ sich auch durch die Rituale des Christentums allenfalls mildern, nicht aber lenken. Der junge Pfarrer und Dichter, der sich auf diese Lebenswelt einließ, nahm alles vom ersten Schritt an mit seismographischer Genauigkeit auf. Lauschte den Stimmen der Kinder und dem Atem des Windes, spürte den Druck einer schwieligen Hand und den peitschenden Regen im Herbst, sah den Menschen, wie er in seiner Beziehung zum Mitmenschen stand, zur Natur, zu Schöpfung und Schöpfer. Und alles wurde ihm Stoff.

Ankunft auf der hohen Heide

Als Philippi in Breitscheid eintraf, war er 28 Jahre alt, jung verheiratet und von Tatendrang berstend. Etwas Erfahrung in seelsorgerischen und organisatorischen Dingen hatte er immerhin schon gesammelt, während seiner Vikariate in Altstadt und Freiendiez - dort hatte er auch bis zu seiner Berufung nach Breitscheid die Verwaltung der Pfarrstelle inne. Eine harte Schale, die man nicht nur im Westerwald gut brauchen konnte, besaß er, wenn nicht von Natur aus, dank gewisser Übungen als korporierter Student, vor allem aber nach vollzogener Ertüchtigung als Einjährig-Freiwilliger im preußischen Heer. Das heißt, er brachte einige Voraussetzung mit, und auch seine neue Gemeinde empfing ihn nicht übel. Wäre er ein gebetsfrommer, zur Kontemplation geneigter Charakter gewesen, oder ein dogmatischer Kampfhahn, man hätte ihn seufzend oder schimpfend ertragen. Auch ein Weltkind mit menschlichen, allzu menschlichen Schwächen hätte allenfalls den Dorfklatsch bereichert, in die Chronik indessen keine Spur eingezeichnet. Es kam aber einer, in dem sich Scharfsinn mit Güte verband, Lebensklugheit mit Tatkraft, gläubige Demut mit dem Mut des Bekenners. Ein Mann, angetan, die Hochachtung aller Aufrechten ebenso zu erwerben wie den Zorn der Philister. Und dazu, aber das wußte er noch nicht, als er den Einstand gab im Pfarrhaus zu Breitscheid, ein Dichter.

Natürlich, was macht ein intellektuell gebildeter Kopf in einem Dorf wenn nicht am Ende der Welt, dann doch in unmittelbarer Nähe davon? Wie verbringt er die Mußestunden, die er zwangsläufig hat, auch wenn er drei Dörfer mit geistlichem Beistand versorgt? Zwangsläufig, denn nicht jeder Tag, und vor allem nicht jeder der langen Winterabende, macht eine große Amtshandlung nötig. Von den Zerstreuungen unserer Tage war nicht einmal in den großen Städten zu träumen. Man hatte ein Wirtshaus im Ort oder zwei und einen Telegraphen im Postamt.

Doch anregende Unterhaltung, gesellschaftlicher Kontakt, Austausch mit Gleichgesinnten? Wenn das Pfarrerspaar sich nicht genug sein wollte, bitte, es gab noch den Lehrer. Zum nächsten Amtsbruder – dem nächsten »Menschen«. wie es in Philippis Geschichte vom »Wällerkranz« so vielsagend heißt – war's ein Fußmarsch von beinah zwei Stunden, ein lebensbedrohlicher Kraftakt im Winter.

Pfarrer oder Dichter

Womit also beschäftigte sich der hellwache, müßige Kopf? Hausmusik könnte er machen, zeichnen und malen wie der Kollege in Nenderoth drüben, eine wissenschaftliche Arbeit beginnen, theologische Dispute mit fernen Akademiegrößen führen, jedenfalls die entsprechenden Vorarbeiten in Quarthefte schreiben, während der Ofen zischt und das Fensterkreuz Eiswasser schwitzt. Oder…oder man geht den Bildern nach, die eine unsichtbare Kamera im Kopf fortwährend auf eine ebenso unsichtbare Projektionsfläche wirft. Man besieht sie, die Bilder, führt ihre Schatten und Umrissen fort, ist verwirrt vom Tanz ihrer Farben und versucht sie zu bannen. Pinsel und Zeichenstift sind seine Werkzeuge nicht, auch nicht Tasten und Saiten. Sein Werkzeug ist das Wort, gesprochen so gut wie geschrieben, und im Aufschreiben findet er den Weg, die Welt, die er erlebt, mit jener, die er erspürt, in Einklang zu bringen. Das Fabulieren steckt in ihm, von Kindsbeinen an. So macht Philippi in den Stunden seines Alleinseins mit sich im Breitscheider Pfarrhaus die Entdeckung, daß er ein Wort-Schöpfer ist, einer, dem es gegeben ist, das Leben, das ihn umringt, zur Sprache zu bringen.

Damit beginnt eine Zweigleisigkeit im beruflichen Leben Philippis, die sich über viele Jahre hinziehen soll, sich schließlich sogar zuspitzt zu einem Entweder-Oder, als Philippi das Angebot erhält, in die Redaktion einer größeren Zeitung zu wechseln. Daß er sich doch für den Talar entscheidet, heißt nicht, daß er seine Schriftstellerei geringer bewertet – er ist tatsächlich beides, und beides ist miteinander verzahnt. Immer wieder schöpft er seine Stoffe aus seiner Arbeit als Pfarrer, und seine literarische Arbeit führt die Seelsorge weiter, allerdings nie in einem platten frömmelnden Sinn. Vielleicht ist es deshalb nur folgerichtig, daß er sein Amt als Pfarrer nicht aufgab. Denn ob er ein guter Schriftsteller sein konnte, ohne Pfarrer zu sein, war ungewiß. Aber daß er Pfarrer sein konnte und Dichter, das hat er glänzend bewiesen.

Romane, Dramen, Gedichte, Predigten, kritische Schriften zu Kirchenpolitik und Strafvollzug, autobiographische Miniaturen und – und vor allem – seine Geschichten, diese Fülle von kraftvollen, bildgewaltigen Texten, in denen er künstlerisch mit jener Wirklichkeit rang, der er Tag für Tag als Seelsorger ausgesetzt war - fürwahr, ein stattliches Opus, das auch ein Berufsschreiber als Lebenspensum ohne Scham hätte vorweisen können. Und dabei hatte der Mann noch Familie und diente seiner Landeskirche mit Eifer! Es muß schon ein sehr starker Antrieb gewesen sein, eine zweite Natur, die solche Schaffenskraft speiste.

In der inneren Logik dieses Antriebs liegt es, daß er nicht im Verborgenen wirkt, sondern, ähnlich anderen Naturerscheinungen wie Vulkanen und Quellen, den Weg ans Tageslicht sucht.

Philippi suchte mithin die Weidenbachsche Druckerei in Dillenburg auf, ließ auf eigene Kosten seinen ersten Erzählband herstellen, »Einfache Geschichten«, 1899, und hatte sich damit als ein »mit Tintenfingern behafteter Pfarrer«[5] entlarvt. Immerhin, die Neugier, was der Pfarrer so trieb, oder schrieb, animierte den einen oder anderen Breitscheider zum Lesen, und bescherte dem jungen Autor Verdruß. Einen Teil dessen, was man dort las, erkannte man wieder. Der andere Teil freilich war schändlich gelogen, denn daß Literatur ihren Stoff aus Gefundenem und Erfundenem webt, war dem dörflichen Lesepublikum fremd. So ging dem Ruf Philippis als Heimatdichter sein Ruf als Nestbeschmutzer voraus, und sein zweiter Erzählband, »Hasselbach und Wildendorn«, der in einem ordentlichen Verlag, im fernen Heilbronn, 1902, noch zu Philippis Amtszeit in Breitscheid erschien, konnte auf äußerst mißtrauische Aufnahme zählen. Es dürfte den Seelsorger einiges an menschlichem Einsatz gekostet haben, den Unmut über den Schriftsteller zu dämpfen. Manch einer nährte seinen Groll bis weit in spätere Jahre. Daß einer »iwwer die Leu« schrieb, zumal der Hirte über die Schafe, »dous dout mer net.«[6]

Philippi aber, getreu einer Prophezeihung, die schon in Kindertagen an ihn erging: »Wenn der mal stirbt, muß man ihm das Maul extra totschlagen«[7], schrieb weiter, und er schrieb weiter »iwwer die Leut.«

Letzte Veröffentlichungen und merkwürdiges Verschwinden

Als 1927 der »Volksverband der Bücherfreunde« im Wegweiser-Verlag, Berlin, einen Sammelband mit Philippis Westerwald-Geschichten herausgab, war das beinahe eine Hommage. 20 Erzählungen, die sich mit dem Besten messen dürfen, was an sogenannter Heimatliteratur in eben diesem deutschen Sprach-und Kulturraum jemals gedruckt worden ist.

Poetische Kraft, Genauigkeit der Beobachtung, Warmherzigkeit, Humor, gedankliche Tiefe, all das ist reichlich vorhanden, dazu, nicht immer, aber oft genug, ein unverwechselbarer Stil. Und eine wohltuende Freiheit von jeglichem Schwulst, sei er religiöser oder völkischer Art. Dabei sind die 20 Erzählungen bei weitem nicht alles, was Philippi uns vom Westerwald bietet.

»Aus dem Westerwald« war in editorischer Hinsicht der Höhepunkt in Philippis literarischem Schaffen. Es war zugleich auch der Schlußpunkt.

»Nach kurzem, schwerem Leiden ist plötzlich und unerwartet im Alter von 64 Jahren Dekan und Landeskirchenrat Fritz Philippi, einer der bekanntesten evangelischen Geistlichen Wiesbadens, gestorben. Der Tod ereilte ihn auf der Rückreise von Freiburg, wo er in einem Sanatorium Genesung gesucht hatte,« vermeldet das »Wiesbadener Tageblatt« in seiner Ausgabe von Mittwoch, dem 22. Februar 1933. Es folgt ein Abriß der kirchlichen Laufbahn des Verstorbenen und ein anerkennender Hinweis auf sein literarisches Schaffen.

Seither sind nur Nachrufe erschienen, nicht unmäßig viele, doch einige immerhin, manche von der inhaltlichen Kurzatmigkeit, die journalistischem Tagewerk eignet, andere kenntnisreich und differenziert. Im Tenor lautet das Urteil überaus günstig. Philippi habe dem Westerwald ein bleibendes literarisches Denkmal gesetzt, sei »ein Erzähler bester Art« gewesen[8], habe »die (Westerwälder) Heimat mit den Augen eines wahren Dichters geschaut«[9], »wie kein zweiter den Westerwald erfaßt und ins dichterische Wort gebunden«[10] und zähle »fraglos zu den bedeutendsten Schriftstellern des Nassauer Landes«[11]. Mit Bedauern wird festgestellt, daß seine Werke keine Neuauflage erfuhren und daß man sie in der Hessischen Landesbibliothek in Wiesbaden ausleihen könne. Allein, die traurige Tatsache bleibt: Hier wurde ein Dichter zu Unrecht vergessen. Zu den Ursachen seien nur einige Vermutungen gewagt.

Zunächst: Philippi war, bei allem Drang, sich vernehmbar zu machen, kein Autor, der die Register der Selbstvermarktung geschickt zu ziehen verstand. Schwer vorstellbar, daß er sich Verlagen andiente, auf Zeitströmungen setzte, Leserwünsche erfüllte oder durch modisches Gehabe auf sich aufmerksam machte. Seine literarische Arbeit hing ja immer eng zusammen mit seiner Arbeit als Pfarrer, und seine Sorge um die Seelen, um das, was den Menschen nach seinem Verständnis ausmachte, beseelte auch seine Literatur. Eine solche Literatur ist nicht gefällig, und sie kann nicht immer gefallen. Vielleicht saß er auch zwischen zwei Stühlen – den Frommen war er nicht fromm genug, und den Weltlichen war er zu fromm.

Und es ergibt sich ein zweiter Verdacht, das Verschwinden Philippis betreffend. Nach kritischer Prüfung fast aller Werke, das heißt, aller, die gegenwärtig noch zugänglich sind, lautet das Fazit: Er war ohne Zweifel ein Meister. Aber ein Meister der kleinen Form. Das heißt, das Genre, in dem er schuf, was zu bleiben verdient, ist die kurze erzählende Prosa… Das sind Philippis Geschichten, die aus dem Westerwald ohnehin, doch auch einige aus seiner Zeit am Zuchthaus von Diez. Wer sich auf die Lektüre dieser Arbeiten einläßt - und es ist fast unmöglich, sich nicht einzulassen, wenn man denn das Buch in der Hand hält – der taucht ein ins menschliche, allzu menschliche, all gegenwärtige Leben.
Auf diesen Ausschnitt seines literarischen Werks hinzuweisen, mit dieser Stärke zu wuchern, hat der Autor Philippi zu Lebzeiten nicht vermocht. So ist das Gute im Sog des Mittelmäßigen(gemeint sind Romane Philippis; d. Verl.) untergegangen, und daß sich kein namhafter Kritiker fand, der hier eine gerechte Gewichtung vornahm, gereicht der Literaturgeschichte nicht zum Verdienst.
Ein letzter Faktor kontra Philippi, der spekulativ erwähnt werden soll, liegt in der Bedeutung seiner bedeutenden Leistung begründet. …es ist der Westerwald, und zum Teil das Zuchthaus von Diez, manchmal auch beides zusammen, aus dem ihm die Kraft zur großen Literatur wuchs.
Aber der Westerwald, mit Verlaub, als Kulturlandschaft? Wer sich hier auf die Hohe Heide stellte, um dem Rest des Reiches, oder der Republik, etwas sagen zu wollen, der mußte schon mit besonderem Zungenschlag sprechen. Und selbst, wenn er's tat wie Philippi – nun ja, der Höllkopf… was war das schon gegen Wilden Kaiser und Watzmann? Regionalliteratur, selbst wenn ihr Gehalt alles andre als räumlich begrenzt war, tat sich immer schwer mit Verbreitung.. Und Rosegger, Federer, und die Kollegen aus dem süddeutschen Raum… ja nun, der süddeutsche Raum! Das sind andere Größenverhältnisse als im kleinparzelligen Nassau.
Und dann, Philippi starb im Februar 1933. Fast möchte man

sagen, zu seinem Glück. Selbst wenn er, wie die meisten seiner Generation, den Ersten Weltkrieg mit Begeisterung mitfocht, in jener unglücklich gemein-europäischen Haltung, die Karl Kraus »berauschte Phantasielosigkeit« nannte - er war weder Militarist, noch Nationalist, noch Antisemit.
Schwer vorstellbar, daß er sich einem Regime wie dem der Nazis angepaßt hätte. Immerhin, die Nazis förderten die Bauernliteratur. Blut und Boden. Auch das war Philippis Sache nie gewesen. Die Sorge der Reichsschrifttumskammer um angemessene Würdigung des Reichsnährstands durch die deutsche Wortschöpferzunft führte dazu, daß nach 1945 das Thema Heimatliteratur abgehakt war. Auf lange Sicht. Wer sollte da eine Lanze für einen weiland schreibenden Dorfpfarrer aus dem Westerwald brechen?
Dies muß nun nachgeholt werden. Denn einen Erzähler wie Fritz Philippi im Dämmer der Archive verstauben zu lassen, wäre himmelschreiendes Unrecht, an unserer Literaturgeschichte, der ein gewichtiger Name entgeht, doch vor allem am Leser, der um eine Lektüre erster Güte gebracht wird.

Wer eine Auswahl von Geschichten betreibt, ist immer mit der Qual der Wahl konfrontiert. Was nimmt man auf, was läßt man weg, sind die Texte repräsentativ, sind sie für den Leser so bedeutsam wie für den, der sie auswählt, Fragen dieser Art machen die Arbeit beschwerlich.
Um es vorweg zu sagen – die Texte, die der vorliegende Band bietet, haben dem Herausgeber besonders gefallen, gewiß, und das ist zuallererst eine Sache des persönlichen Urteils. Allerdings sollten die Texte auch einen differenzierten Einblick in die Lebenswelt bieten, die Philippi literarisch gestaltet hat und sie sollten das Register seiner gestalterischen Mittel umreißen.
Die Leistung Philippis liegt ja nicht darin, die Wirklichkeit zu beschreiben, wie ein aufs Religiöse fixierter Kritiker einmal monierte.[12] Philippi ist weder Chronist noch deterministischer Naturalist, der die Welt als Mechanismus eigener

Gesetzlichkeit sieht und den Autor als kalten Analytiker, der das Funktionieren des Räderwerks aufzeigt. Philippis Thema ist das Leben, von dem er sich umgeben sieht, seine Vielfalt und Fülle, und das sittliche Gesetz, das es regelt. Die wahre Leistung Philippis liegt nun darin, von der Not in eindringlichster, überzeugendster Weise zu sprechen, den Menschen, auch wenn er kein sympathischer ist, doch immer als Menschen zu zeigen, und alsdann die Frage nach Hilfe ohne jegliches pastorale Gebaren zu stellen. Es sind die Außenseiter, die Mühseligen und Beladenen, die Philippis besondere Zuwendung finden - gewiß, das verwundert nicht, denn auch der Herr, dem er als Geistlicher diente, hielt es nicht anders. Und wie Jesus, aber auch wie jeder große Gestalter seither, geht er auf die Elenden zu, verleiht ihrer Stimme Gehör, fordert für sie Gerechtigkeit ein.

Geschichtsschreiber einer Zeitenwende

Und was die Zeitbedingtheit im Allgemeinen betrifft, nun, wer Philippi unter dem Aspekt nicht nur des Geschichtenerzählers, sondern auch des Geschichtsschreiber sieht, kommt weidlich auf seine Kosten. Hat doch sein wacher Blick die ländliche Welt in einer Phase dramatischen Umbruchs begleitet, eine Zeit, in der die Industrealisierung auch in die Dörfer einzog, in der die kleinen »Erdbäcker« der Tonfabrik wichen, die Bauern zu Tagelöhnern wurden und die Äcker zu Trassen für den Eisenbahnbau. Althergebrachtes wurde über Nacht in Frage gestellt, Völker unterschiedlicher Herkunft vermischt, Menschen entwurzelt wie sonst nur die Bäume im »Woost«. Neue Propheten zogen durchs Land, und das Schiff der Kirche geriet in strudelndes Wasser.
All das hat Philippi erlebt, hat es beschrieben, war daran beteiligt, mit Wort und Schrift und, als eingreifend Denkender, mit energischer Tat, sofern ihm das möglich war, mit seinen Mitteln und in seiner Zeit. Aus dieser Haltung heraus, die

er bei seinem Pfarrer in »Erdrecht« oder »Weiße Erde« als »männliche Ausgabe der Geistlichkeit« lobt, hat er auch als Dichter gewirkt - als einer, der mit beherztem Griff das Leben erfaßt, es wägt und verdichtet, auf daß es uns bleibe und weiter wirke als Leben.
Möge die Neuauflage von Philippis Geschichten von dieser Lebenskraft zeugen!

Die Herausgeber: Dieser Aufsatz von Federico Fritz, der auch unter dem Namen Johann Peter veröffentlicht hat, ist in dem von Peter herausgegebenen Erzählband »Fritz Philippi, Das geistliche Gespenst« enthalten. Der Aufsatz ist bei uns in Teilen gekürzt und wurde mit Überschriften versehen. Im Original bezieht er sich auch auf die von Peter ausgewählten Erzählungen. Wir möchten »Das geistliche Gespenst« und den ungekürzten Aufsatz sehr empfehlen. Auch enthält dieses Buch ausführliche bibliografische Angaben der Sekundärliteratur zu Philippi.

(1) Fritz Philippi: »Vom Pfarrer Mathias Hirsekorn und seinen Leuten«, Weber, Leipzig, 1924, S. 7
(2) ebd., S. 8
(3) ebd., S. 9
(4) ebd., S. 11
(5) »Wiesbadener Tageblatt«, 22. Februar 1933
(6) Ludwig Rühle, zit. nach H. Groos, »Fritz Philippi 1869-1933«, 1998, S. 3
(7) Hirsekorn« a.a.O., S. 12
(8) Konrad Fuchs: »Fritz Philippi (1869-1933)«, in: »Nassauische Annalen« 83, S. 191-200, 1972, S. 193
(9) R. Kuhlmann: »Fritz Philippi und seine Westerwaldgemeinde«, in: »Heimatblätter zur Pflege und Förderung des Heimatgedankens«, Beilage zur Dill-Zeitung, Februar 1943, S. 3
(10) Heiner Feldhoff: »Hui Wäller?-Allemol!« in: »Kritische Ausgabe«, Heft 2, 2001, Sonderteil Literaturland Rheinland -Pfalz, S. 43
(11) Dr. Braband in: »Dill-Zeitung«, 30.03.1971
(12) Wilhelm Knevels: »Fritz Philippi als religiöser Dichter«, Verlag Adolf Klein, Leipzig, 1929, S. 16

Klaus-Peter Mücke
über seine Zeit als Pfarrer

Klaus-Peter Mücke tritt 1962 seine erste Pfarrstelle in Dillenburg an. Er hatte sie bis zu seiner Pensionierung inne. Wir baten ihn, von seiner Pfarrerzeit im Dillkreis, 60 Jahre nach Philippi, zu erzählen und mit Philippis' Erfahrungen zu verbinden.

Klaus-Peter Mücke war wie Fritz Philippi ein sozial engagierter Pfarrer. »Hat doch sein wacher Blick die ländliche Welt in einer Phase dramatischen Umbruchs begleitet, eine Zeit, in der die Industrialisierung auch in die Dörfer einzog, in der die kleinen »Erdbäcker« der Tonfabrik wichen, die Bauern zu Tagelöhnern wurden und die Äcker zu Trassen für den Eisenbahnbau.« schreibt Johann Peter. So kämpfte Philippi für eine Genossenschaft der Häfner (Erdbäcker), wenn auch erfolglos. Er wollte den Handwerksberuf der Breitscheider retten vor der eintönigen Fabrikarbeit. Im Roman »Die weiße Erde« verarbeitet er seine kämpferischen Erfahrungen. Er beschreibt dort die Weise, mit der das Dorf seinerseits von der »Thonindustrie« überrollt wurde.

Der Pfarrer und die Rechtgläubigkeit

Über seine Stellung als Seelsorger schreibt Philippi einmal: »Bei vielen Leuten hier ist der Pfarrer ein halber Herrgott, und wenn sie dann menschliche Seiten (und kritische Seiten) an ihm gewahren, werden sie irre an ihm«.
Der Dekan in Dillenburg, der damaligen Kreishauptstadt, glaubte von Philippi, er sei als junger Vikar sehr kritisch gewesen. Er wollte von ihm wissen, ob er das heute noch sei? »Der Dekan beäugte mich argwöhnisch. Alle Stichelhaare

aus seinem kurzgehaltenen grauen Bart stachen nach mir. Als ich mich als Schüler von Hermann und Harnack bekannte, den Altmeistern der neueren Theologie, beschwor mich der Dekan mit hochgezogenen Augenbrauen: »Das lassen Sie ganz hinten im Sack!« Warnungen exakt dieser Art hat der Pfarrer Mücke immer wieder hören und die Folgen seines freien Sinnes spüren müssen. Seine Theologie war auch lebensnah: Er saß gern beim Gespräch mit vielen seiner Gemeindemitglieder in der Küche.
»Ein kleinkariertes System von tausend ungeschriebenen Gesetzen und die Ewigkeit, wie können die zusammenkommen«, schreibt Roderich Feldes in seinem Roman »Der Wal«. Hier ist der Bericht von Klaus Peter Mücke.

Nun haben Sie ihn erlebt, den Pfarrer Mathias Hirsekorn und seine Leute, »lauter Originale, ohne es zu wissen«, die ihrem Pfarrer zurufen: »Mach dich fort oder wage zu sein, was du bist, ein Mensch allewege!« Und auf seiner nächsten Pfarrstelle in Diez, wo er zugleich Seelsorger im Zuchthaus ist, erhält er von den Strafgefangenen seinen endgültigen Namen »Bruder Mensch«. Schon in der ersten Predigt dort hatte er ihnen gesagt: »Ich stehe vor euch als Mensch unter Menschen.« Denn in Wildendorn hatte er erkannt: »Was man in der Großstadt vergeblich mit der Laterne sucht: Der Mensch unter Menschen.« Und dabei bewegt sich sein Leben gleichzeitig um Gott, an dem wir nicht vorüberkommen – wie er es in Diez formulieren wird. Spannungen zwischen Gott und Mensch erfährt er bis zu starken Zweifeln an Gott. »Aber Kritik an »Gottes Wort« vertrug das Völklein dort oben nicht.«

Was veranlasst mich, zu diesem Buch ein Nachwort zu schreiben? Zeit meines Lebens bin ich ein Freund der Literatur. Und als mir vor einigen Jahren gesagt wurde, hier im Westerwald hätte ein Dichterpfarrer gelebt und ich könne mal sein fotokopiertes Buch lesen, tat ich es. Wildendorn, wo

Mathias Hirsekorn als Pfarrer wirkte, sagte mir zwar nichts. Aber irgendeinen kleinen Ort vielleicht in der Nähe von Hirzenhain stellte ich mir vor.

Das Buch sprach mich an. Da war erstaunlicherweise nach 110 Jahren vieles, was mir als Pfarrer heute vertraut und wichtig war. Natürlich hat es im Blick auf die enormen technischen Entwicklungen und die Vielfalt christlicher, religiöser und atheistischer Weltanschauungen in ihrem weltweiten Einfluß unvorstellbare Veränderungen gegeben.

Aber wie es der Zufall will: Philippi kam als 28-Jähriger nach Breitscheid mit den Filialgemeinden Rabenscheid und Medenbach, ich war ebenfalls 28 Jahre alt, als ich nach Dillenburg kam mit den Filialen Donsbach, Eibach und Sechshelden (Dillenburg allerdings hatte drei Pfarrstellen). Philippi hat in seiner Ausbildung wie ich später das Theol. Seminar in Herborn besucht. Philippi kam aus seinem geliebten Wiesbaden, ich hatte im Jahrhundertsommer 1959 mein halbjähriges mir Maßstäbe vermittelndes Vikariat in Wiesbaden erlebt und war Wiesbaden ohnehin sehr verbunden. Philippi erlebte den Gang ins Hinterland mit gemischten Gefühlen, in mir weckte die Versetzung nach Dillenburg auch keinen Jubel.

Frau Philippi und ihrem Mann wurden in Breitscheid, der ersten eigenen Pfarrstelle, drei Kinder geboren, meiner Frau und mir auf meiner ersten eigenen Pfarrstelle ebenfalls noch drei Kinder (unser in Frankfurt geborenes erstes Kind – 14 Tage alt – hatten wir nach Dillenburg mitgebracht).

Schließlich verbrachte meine Frau Jahrzehnte später die 2 ½ letzten Jahre ihres Lebens in dem Alzheimer-Demenz-Heim »Die Brücke« in Breitscheid. Noch heute halte ich in diesem Heim aller sieben Wochen den Wochenschluß-Gottesdienst.

Natürlich waren auch die Gemeinden von Fritz Philippi von der Erweckungsbewegung des 19. Jahrhunderts erreicht worden, gerade der Dillkreis und das Siegener Land waren von ihr besonders geprägt – es war die letzte große weltweite

Frömmigkeitsbewegung der Neuzeit im Leben des Protestantismus und in Deutschland maßgebend für die pietistische Haltung der Landeskirchlichen Gemeinschaften.

Auch Pfarrer Hirsekorn merkte bald: »Ich war wie die Mücke im Fliegenglas, die überall an glashelle Wände stieß.« »Dabei erfuhr ich auch, daß bisher keiner an meiner Predigt Anstoß nahm. Sie merkten wohl einen Unterschied: »Er brings anders vor«. Aber so war es ihnen »verständlicher«.

Jeder Konfirmationsgottesdienst von mir begann mit dem Eingangswort »Einen andern Grund kann niemand legen als den, der gelegt ist, welcher ist Jesus Christus.« (1. Korinther 3 Vers 11) Das war mir wichtig und das wollte ich gerade jungen Menschen und ihren Angehörigen vermitteln: In all dem, was Jesus gesagt, getan und gelebt hat und in all dem, was mit ihm und durch ihn leidend, sterbend und zu Ostern geschehen ist, hat Gott sich endgültig (bis zum Ende der Zeiten gültig) als barmherziger Vater der Menschen erwiesen. Das ist der Grund unseres Glaubens.

Wenn ich den Grund, das Fundament unseres Glaubens benenne, zähle ich mich trotzdem nicht zu den Fundamentalisten. Im Gegenteil. Mit Fundamentalismus wird jener Vorgang bezeichnet, der Inhalt einer amerikanischen christlichen Zeitschrift war (The Fundamentals), die in millionenfacher Auflage in den USA ab 1919 erschien und zehn Jahre später zum Inbegriff von Fundamentalismus bis heute wurde.

Auf drei Ebenen engagierte man sich: einmal gegen eine kritische Auslegung der Bibel, die vor allem aus Deutschland in die USA importiert worden war und bei der die biblischen Texte historisch-kritisch untersucht und seitdem nicht immer wortwörtlich begriffen wurden. Vor allem aber wandte man sich zweitens gegen die Lehre Darwins, die sich immer mehr verbreitete und die mittlerweile auch in vielen Schulen gelehrt wurde. Schließlich lehnte man drittens die städtische Mentalität mit ihrer unmoralischen Zügellosigkeit – wie sie es nannten – ab, kein Wertepluralismus, sondern eindeutige, für alle verbindliche Werte wurden erwartet.

Da wurde aus dem Buch der Bücher, die Bibel, die in über 1000 Jahren von vielen Menschen geschrieben wurde, ein zeitlos gültiges Rechtsdokument und aus dem lebendigen Grund Jesus Christus wurde das Neutrum eines Buches gemacht, das keinen Irrtum kennt. Die Bibel sei die Urkunde der Offenbarung Gottes und nicht die Urkunde des Glaubens von Menschen an Gottes Offenbarung.

Dagegen ist festzuhalten: Gott »hat den Menschen sein Wort gegeben, nicht seine Wörter – die Wörter stammen von Menschen. Darum sollen wir Gott zwar beim Wort nehmen, aber die Bibel – um Gottes Willen! – nicht wörtlich nehmen.« (Heinz Zahrnt) Was gewiß sein soll, kann nicht vertrauenslos sicher gemacht werden.

Darum war es richtig, daß die Kirchen immer wieder biblisch fundierte Glaubenstraditionen aufgegeben haben. Z. B. das geozentrische Weltbild, die von Paulus verordnete schweigende Rolle der Frauen im Gottesdienst (womit bis ins 20. Jahrhundert – und in der katholischen Kirche bis heute – die Ordination von Frauen zu Priesterinnen abgelehnt wurde), die Todesstrafe, die Ausgrenzung der Homosexuellen – dagegen wurde und wird im Fundamentalismus die lehrmäßige, gesetzliche Autorität der Bibel verlangt. Die nimmt allerdings der Papst für sich in Anspruch, der seine Lehraussagen »definitiv und mit letzter Verbindlichkeit« spricht, »mit der höchsten Gewißheitsstufe seines Lehramtes«. So Kardinal Karl Lehmann.

Das ganze Neue Testament dagegen bezeugt uns Jesus als den, der mit Wort und Tat, mit seinem ganzen Leben, Leiden und Sterben Menschen zu einem Leben in Liebe, Mitmenschlichkeit, überhaupt im Miteinander ermöglichte, sie dazu befreite und darin seine Gottessohnschaft offenbarte. Menschen erkennen und erfahren die Wahrheit des Glaubens in »Jesu Botschaft von der unbedingten, in nichts anderem als in sich selbst begründeten Liebe Gottes, die wirklich alle seine Geschöpfe meint«. (Klaus-Peter Jörns)

Natürlich gehören dazu – ich mache jetzt einen großen

Sprung – viele der Menschen, die jedes Jahr in Dillenburg zur Kirmes gingen. Am Kirmesmontag waren es besonders viele, weil da die meisten Behörden – Dillenburg war noch Kreisstadt – geschlossen hatten. Ich war der erste Pfarrer in Dillenburg, der dies nun auch tat. Das hatte es bisher noch nicht gegeben. Fast alle, die dort waren, haben sich riesig gefreut. Besonders die nicht wenigen, die sich nicht aktiv in der Kirche engagierten. Nun kam der Pfarrer zu ihnen (den sie von seinen vielen Hausbesuchen und von seinem »Wort zum Sonntag«, das er regelmäßig in den beiden Tageszeitungen schrieb, oft schon etwas kannten).

Von vielen Runden, die sich bei so einer Kirmes bilden, wurde ich herbeigerufen und zu Bier und Schnaps eingeladen. (Damals hatte ich dem Alkohol noch nicht abgesagt!) Natürlich hatte ich dabei den sicher zutreffenden Eindruck: Alle wollen mit mir trinken, aber der Pfarrer muss dann selbstverständlich aufrecht das Zelt verlassen. Ihm darf man nicht anmerken, dass er getrunken hat. Das ist ja oft eine so eigenartige Erwartung an den Pfarrer: Er soll alles mitmachen und alles verstehen, aber muss doch ein anderer sein und bleiben.

Ich brauche nicht auszuführen, daß nach dem Kirmesbesuch der Eindruck, also das Bild von mir in der Gemeinde, noch weniger einheitlich war. Und als ich mich später an den Ostermärschen beteiligte und 1983 gar die Abschlußansprache hielt, wurden die Auseinandersetzungen über mich – auch in vielen Leserbriefen der beiden Dillenburger Zeitungen – vehement geführt. Dabei war es eine kurze, abgewogene, allerdings auch engagierte Rede, die ich vorgetragen hatte.

Bei anderen Auseinandersetzungen, als z. B. bei der großen Renovierung der Stadtkirche der Altar, wie in vielen anderen Kirchen, zu einem beweglichen Altar für Sondergottesdienste und kirchenmusikalische Veranstaltungen umgebaut werden sollte, gab es heftige Diskussionen, aber auch immer wieder über meine »Worte zum Sonntag« und über manche

Beiträge in unserem Gemeindebrief KONTAKTE, in denen ich kurz und bündig zu vielen Glaubensthemen, ethischen und politischen Fragen Stellung bezog. Manche Dillenburger meinten, das sei ja ein Kulturkampf.

Ganz Unrecht hatten sie nicht. Denn das ist ja der Auftrag der Kirche und damit der Auftrag eines jeden Gemeindpfarrers, deutlich zu machen, daß Gott durch Jesus neue, veränderte Menschen und damit neue veränderte Verhältnisse schafft. Eines ist vom anderen nicht zu trennen. Gerade in unserer so rasant sich ändernden Wirklichkeit ist das gegenwartsnahe Glaubenszeugnis der Kirche für eine vor hundert oder gar vor zweitausend Jahren noch unvorstellbare Gesellschaft notwendig.

Von evangelikal-fundamentalistisch eingestellten Christen bekam ich nicht selten Post. Ich habe auf jede Karte und jeden Brief (wenn er nicht anonym war!) geantwortet. Ich habe mich immer bemüht, dem Briefschreiber in seinem Anliegen gerecht zu werden. Ich habe ihm zu erklären versucht, was ich mit meinem »Wort zum Sonntag« oder mit meiner Predigt oder mit einer Aktivität als Zeugnis des Glaubens ausdrücken wollte. Ich habe positiv reagiert. Aber ich konnte nie in einen Dialog mit den Briefschreibern treten, weil sie mir nicht antworteten. Sie hatten ihr Zeugnis abgelegt und konnten bei ihrer Auffassung als Gerechte Gottes bleiben.

Erst im Gemeindpfarramt habe ich richtig erkannt, daß jeder Mensch ein einmaliges Geschöpf Gottes ist. Das bedeutet, daß die biblische Botschaft nach Möglichkeit in das Leben eines jeden Menschen zu übersetzen ist. Viel Einfühlungsvermögen gehört dazu, das ich natürlich nur bedingt geschafft habe – trotz Zusatzausbildungen in Seelsorge, in Ehe- und Familienberatung. Aber viele Gemeindemitglieder haben wohl doch gespürt: Der Pfarrer versucht, sich in meine Situation zu versetzen. Er kommt mir nicht mit frommen Sprüchen. Er möchte mich verstehen.

So habe ich meinen Pfarrerdienst immer stärker als Dienst eines Seelsorgers verstanden. Und das galt nicht nur meinen

Haus- und Krankenhausbesuchen, sondern ebenso für meine Predigten und Amtshandlungen (wie das die Kirche nennt).

Es kam mir wohl zugute, daß die Dillenburger mich vor allem von meinen vielen Besuchen in der Gemeinde kannten. Und ich habe in 34 Jahren meines Dienstes ungezählte Gottesdienste, 885 Taufen, 408 Trauungen und 1074 Beerdigungen gehalten und 847 Konfirmandinnen und Konfirmanden eingesegnet. Und es kam ja noch vieles anderes dazu.

Ich hatte wöchentlich 4 bis 6 Stunden Religionsunterricht am Gymnasium. Jährlich 30 Stunden Ethikunterricht mit Krankenhausschülern. Sommerfreizeiten mit immer ca. 50 Jugendlichen aus Dillenburg. Gerade diese Freizeiten waren mir wichtig. Der Konfirmandenunterricht unterscheidet sich ja von dem Unterricht in der Schule dadurch, daß hier Gymnasiasten, Realschüler, Hauptschüler und Sonderschüler in einer gemeinsamen Gruppe sind. Besser als bei Freizeiten mit Spielen, Wandern, Beobachtungsaufgaben, Basteln, Kochen usw. konnte untereinander nicht deutlich werden, daß jedes Kind seine speziellen Begabungen und Fähigkeiten hat.

Diese gleichsam lockere Art des Miteinanderlebens und dabei Lernens versuchte ich natürlich auch im Unterricht zu praktizieren. Aber das gelang mir nur bedingt. Inzwischen treffen sich in vielen Gemeinden Konfirmanden und Konfirmandinnen anstelle des Unterrichts an einem Nachmittag in der Woche öfters einmal am Wochenende und können da ihre unterschiedlichen Begabungen im Miteinander besser einsetzen als in einem Konfirmandenunterricht, der einer Religionsstunde in der Schule so ähnlich ist.

Den beiden Kindergottesdiensten in den Gemeindehäusern im Wechsel mit meinen Kollegen gehörte meine besondere Liebe. 29 Jahre hatte ich Woche für Woche (natürlich außer in den Ferien) »meine« Jugendgruppe. Alle 14 Tage war die Zusammenkunft der Frauenhilfe zu gestalten, auf die die Frauen und ich uns immer besonders freuten.

Wir hatten – nicht zuletzt dank meiner Frau – immer ein offenes Haus. Mich hat meine Familie sehr geprägt. Ich hatte

»Erfahrung«, wenn es um Fragen von Mann und Frau und um Kindererziehung ging. Das allein schon wäre ein unschlagbares Argument gegen (das ohnehin frauenfeindliche) Zölibat.

Nun ruft die Kirche immer wieder Männer und Frauen zur ehrenamtlichen Mitarbeit in der Kirchengemeinde auf. Nirgends wurde ich darauf vorbereitet, als Gemeindepfarrer auch dafür Sorge zu tragen. Es wurde mir spontan bewußt: Wir von sonstiger Tätigkeit freigestellten Kirchenleute müssen uns ja dann auch umgekehrt ehrenamtlichen Aufgaben im sogenannten weltlichen Bereich zur Verfügung stellen. So wurde ich zum Mitgründer der Dillenburger Lebenshilfe e.V. (eine Zeitlang war ich auch ihr Vorsitzender), des Jugendwerks Dillenburg e. V. und der christlich-Jüdischen Gesellschaft, ich war und bin Mitglied des Museumvereins, des Geschichtsvereins und des Rotary-Clubs.

Manches hat mich dann umgekehrt auch selber in meiner Arbeit als Gemeindepfarrer geprägt, z. B. bei den vielen Baumaßnahmen, die in einer Kirchengemeinde immer wieder anfallen. Z. B. der Kindergartenneubau im Mittelfeld, die Renovierung der Stadtkirche und der Orgelneubau u.a.

Die ökumenische Zusammenarbeit war mir sehr wichtig. So gründete ich gemeinsam mit katholischen Pfarrer 1967 (450 –jähriges Jubiläum des Thesenanschlags von Martin Luther an der Schloßkirche zu Wittenberg) einen Ökumenischen Arbeitskreis, der heute noch besteht. Leider entzogen sich von Anfang an die Freikirchen und freien Gemeinschaften unserem intensiven Bemühen mitzutun. Ihre Absagen erschienen uns Engagierten nicht überzeugend. (Eine große Ausnahme war Herr Dobner von der Methodistenkirche.)

Die Zusammenarbeit mit der katholischen Kirche ist in den über 40 Jahren zwar fast überall an der Basis gewachsen (besonders durch den intensiven Einsatz der Katholiken), doch die offizielle kath. Kirchenlehre fällt – nicht zuletzt auch unter Papst Benedikt XVI – sogar hinter das 2. Vatikanische Konzil zurück. Für die katholische Kirche sind wir

Protestanten weiterhin keine Kirche. Es ist die große Enttäuschung meines Pfarrerdaseins.

Pfarrer Mathias Hirsekorn lebte in vieler Hinsicht in einer anderen Welt. Es ist schwer zu fassen, was alles sich in 110 Jahren bei uns verändert hat. Wichtiges habe ich schon genannt. Ich nenne noch einige weitere Punkte.

Alles mußte Hirsekorn zu Fuß, mit dem Fahrrad oder mittels eines Fuhrwerks erledigen. Und neben Wildendorn hatte er noch zwei Filialgemeinden. Dillenburg hatte drei Pfarrstellen mit drei Filialgemeinden, die in den sechziger Jahren selbständige Kirchengemeinden wurden.

Einschneidend verändert zu früher hat sich die Kommunikation, die die notwendige Verwaltung einer Kirchengemeinde mit sich bringt. Mit der Einführung des Computers ist die Verwaltungsarbeit nicht einfacher und weniger geworden, sondern hat beträchtlich zugenommen. Es ist unglaublich, was heute alles an Gesetzen, Verordnungen und Vorschlägen der Kirchenleitung, Kirchenverwaltung und in ihrem Auftrag arbeitenden kirchlichen Stellen zu beachten und zu berücksichtigen ist.

Trotzdem kann ich mich in diesem Roman »Vom Pfarrer Mathias Hirsekorn und seinen Leuten« von Fritz Philippi gut wiedererkennen. Es ist mit zwei Sätzen, die das A und O meines Verständnisses vom Dienst des Gemeindepfarrers zusammenfassen, gesagt. Einmal wollte ich wie Hirsekorn-Philippi all den mir anvertrauten Menschen – so verschieden sie waren – »Bruder Mensch« sein. Und den Grund dafür – zweitens – nennt Hirsekorn, als er unter dem herzlichen Empfang durch die Wildendorner in sein Pfarrhaus einzieht mit Worten aus dem 2. Kapitel des Epheserbriefes: »So sind wir nicht mehr Gäste und Fremdlinge, sondern Bürger mit euch zusammen und Gottes Hausgenossen, erbaut auf dem Grund der Apostel und Propheten, da Jesus Christus der Eckstein ist.«

Die Frage der Ökumene im Blick auf die kath. Kirche wird sich Hirsekorn kaum gestellt haben, denn im Dillkreis lebten damals nur wenige Katholiken. Und Juden lebten in verschiedenen Orten des Dillkreises (z. B. in Herborn), aber über das Verhältnis von Juden und Christen wurde erst nach 1945 neu und intensiv auf breiter Basis nachgedacht.

In der Zerstörung Jerusalems im Jahr 70 n. Chr. sah die Christenheit sehr bald ein Gottesgericht und für die meisten Christen war klar: Gott hat Israel verworfen. So gab es in weiten Teilen der Christenheit erst im 20. Jahrhundert ein Umdenken. Zu sehr hatte das Verbrechen, das vor allem Deutsche unter Hitler den Juden angetan hatten, im Antisemitismus seine Wurzeln.

Immer stärker erkannte man jetzt, daß natürlich nicht nur das Neue Testament, sondern auch das Alte Testament biblische Grundlage des christlichen Glaubens ist. Und immer deutlicher wurde und wird den Christen, daß der Jude Jesus mit seinem Leben und Sterben endgültig aufgedeckt hat, daß der Juden Gott und der Christen Gott ein- und derselbe Gott ist. Was zur Zeit des Alten Testaments einem Volk galt, erfüllt sich nun in Christus an allen Völkern.

So weit sind wir in unserer Einstellung gegenüber dem Islam noch lange nicht, obwohl Millionen von Muslimen mit uns in Deutschland leben. Es ist auch heute verständlicherweise noch unklar, ob wir Christen und Muslime inhaltlich sich so nahe kommen können wie es mit Juden und Christen möglich ist. Entscheidend für die nächste Zeit wird aber sein, daß der interreligiöse Dialog zwischen Muslims und Christen gegenseitig viel einfühlsamer, ehrlicher und selbstkritischer geführt wird. Für mich ist es unerträglich, wie fundamentalistische Gruppen auf beiden Seiten gegeneinander hetzen. Vielmehr sollten wir Grundaussagen der Versöhnung der Toleranz in Bibel und Koran ernstnehmen und bedenken.

Ich weiß nicht, wie viele Menschen in Deutschland sich noch als Christen verstehen – außerhalb, aber auch innerhalb der Kirchen. Wenn es die Hälfte aller Deutschen sind, ist das vermutlich schon zu optimistisch. Die Säkularisierung (Verweltlichung) der Menschen scheint unaufhaltsam zu sein. Sie ist gleichsam zu einer neuen Religion geworden. Statt aufgeregt dagegen zu polemisieren, sollten wir Christen uns selbstkritischer, selbstbewußter und stärker darauf konzentrieren, was uns hält und trägt. Vielleicht können wir das an der Wirkung erkennen, die Margot Käßmann auf viele – Christen und Atheisten – hat. Es ist, denke ich, ihre Glaubwürdigkeit, mit der sie mit ihrem Leben und mit ihren Reden die biblische Botschaft bezeugt. Eine Erfolgsgarantie hat auch sie nicht. Auch sie hat zu Recht ihre Kritiker. Aber sie nimmt die Säkularisierung ernst und spricht in dieser unserer Welt zu Anfang des 21. Jahrhunderts aus, was den Menschen Halt und Zuversicht geben kann.

Zum Schluß. Im Frühjahr 2010 war ich an einem Abend zur Zeltmission in Dillenburg. Der mir sympathische Evangelist machte gute Musik zum Mitsingen der Lieder, eine junge Frau erzählte von ihrem Bekehrungserlebnis und der Evangelist predigte verständlich. Ich fand seine Auslegung des Neuen Testaments nachvollziehbar. Doch nach ca. 20 Minuten seiner Predigt kam die Feststellung: »Wo wir die Ewigkeit zubringen, ist die wichtigste Frage unseres Lebens.« Weitere ca. 20 Minuten ging es nun allein um die Frage, ob wir zu Jesus kommen und mit ihm in den Himmel gelangen oder mit dem Teufel in die Hölle gehen. Es war nur noch Strafandrohungstheologie. Das ist die Folge, wenn Christen aus Jesus eine Lehre machen, an die jeder glauben muß, statt den uns befreienden, bis zum Tod stellvertretend für Gott liebenden Jesus in unser Hier und Jetzt zu übersetzen.

Ich ziehe daraus die Schlußfolgerung: Es geht nicht an, andere mit einer Lehre von Himmel und Hölle zu missionieren, sondern wir können und sollen aus der unabhebbaren Liebe Gottes miteinander kommunizieren. Denn niemand kommt zu sich selbst ohne den anderen. Es ist auch die entscheidende Glaubenserfahrung von Pfarrer Mathias Hirsekorn und seinem Autor, dem Dichterpfarrer Fritz Philippi.

Weitere Veröffentlichungen
aus dem Albrecht Thielmann Verlag

Eisblumen damals
Hanne Vollmer

Gedichtband, Dillenburg, 2011
Verlag Albrecht Thielmann
ISBN: 3981319710

»Ich hatte immer dieses Brennen in mir.«

Die Aschaffenburger Lyrikerin Hanne Vollmer wurde 1930 geboren und bis 1945 als »undeutsch« behandelt. »Hier hast Du - nichts verloren - Oh doch - Hier habe ich meine Kindheit verloren.«

Hellwach für die Zerbrechlichkeit und Schutzbedürftigkeit von uns allen, dieser Sinn ist in ihr seit jener Angstzeit: »Wenn ich Deine Stimme / wieder höre / weiß ich / dass da / ein Netz ist /unter dem Seil, auf dem ich balanciere.«

www.albrechtthielmann.de

Der Werwolf
Roderich Feldes

Zwei Erzählungen, Dillenburg, 2012
Verlag Albrecht Thielmann
ISBN: 9783981319729

Wenn der Wohlstand kein Zuhause schafft, wenn Ehemänner auf Wände prallen! In den zwei Erzählungen vom Wohnen und Leben in den Neubausiedlungen der Dörfer erfahren wir, was dann geschieht. Wir erfahren von der brodelnden Gewalt, die »In einem toten Haus« zu einem befreienden Schlag führt, in der Geschichte vom »Werwolf« im tödlichen Rassismus endet.

Feldes zeigt hier wie kein anderer, dass er sich auskennt in den Ehen und Sitten von Wohlstandsbürgern und dass er benennen kann, was fehlt und was uns blüht, wenn das so bleibt.

www.albrechtthielmann.de

Schiller auf dem Dorfe
Roderich Felder

Feldes und der Wandel des Dorfes
Stuttgart, 2006 ibidem
ISBN: 3898216756

Etz bass off
Eberhard Betz,
Albrecht Thielmann

Ein Lese- Hör- und Bilderbuch mit
Texten, Biografien und Dialekt-
gedichten aus dem alten Dillkreis
Dillenburg, 2007 Rübezahl
ISBN: 978300230868

Die Wallfahrt
Hans Bender

2-CD Hörbuch
Es lesenAnnelie Geyer
und Hans Bender
Dillenburg, 2009 Rübezahl
ISBN: 9783981319705